北
中央郵便局
文書館
県道
市民会館
図書館
体育館
消防署
川
工場
悠人の家
コンビニ

川のむこうの図書館

池田ゆみる 作

羽尻利門 絵

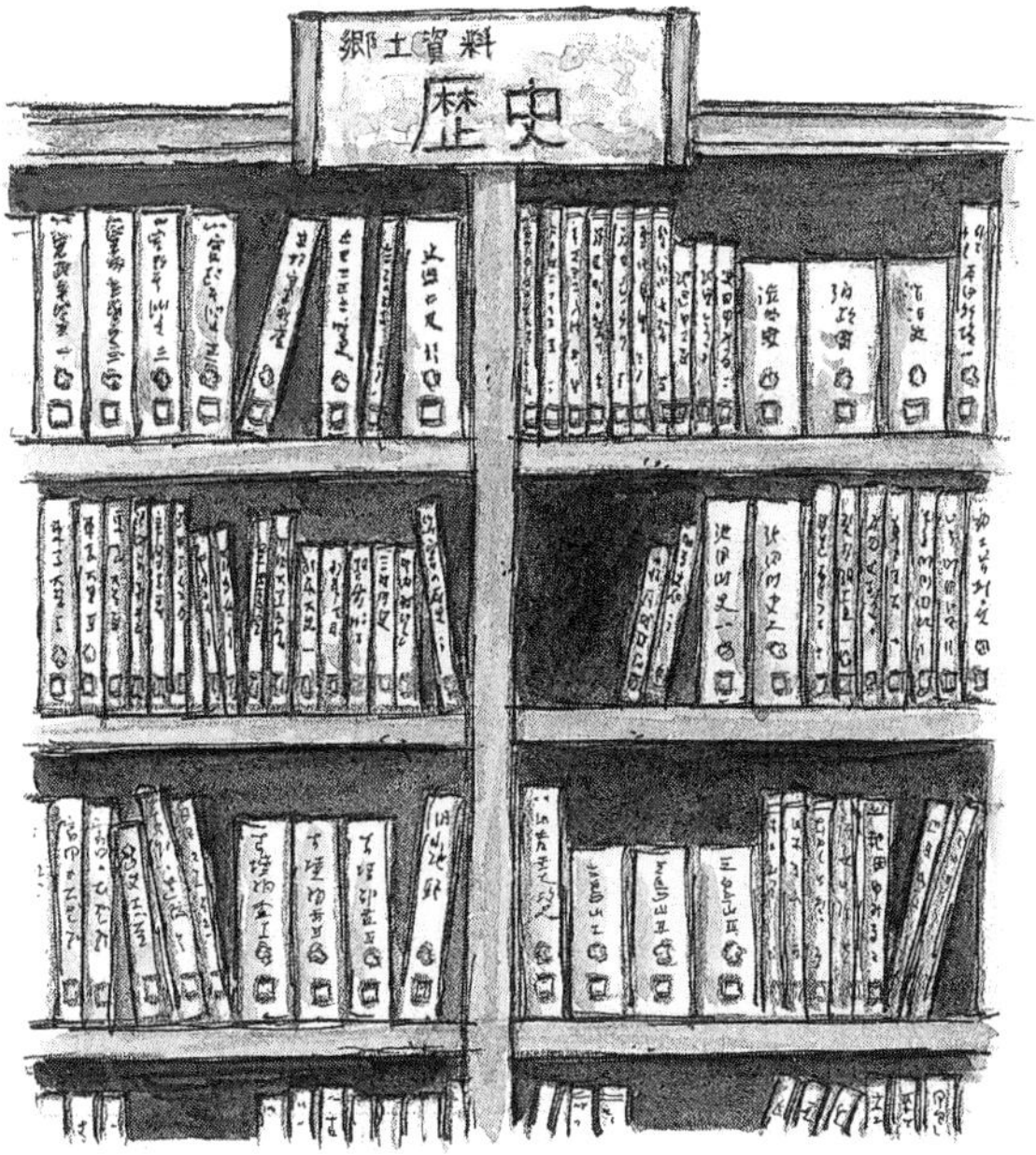

さ・え・ら書房

もくじ

1 大きな図書館 5
2 ふるさと公園 14
3 遅刻《ちこく》 25
4 班分《はんわ》け 34
5 薪《まき》わり 42
6 郷土資料室《きょうどしりょうしつ》 53
7 竜司《りゅうじ》の見つけたこと 63

8　古墳《こふん》をさがしに　74
9　男の人　85
10　やぶれた本　95
11　野菜いため　106
12　希望の光　115
13　弁償《べんしょう》　127
14　おじいさんの話　138
15　発表会　152
16　川のむこうの図書館　164

装丁　久住和代

1　大きな図書館

橋のまん中で、竜司《りゅうじ》は立ちどまった。

たっぷりと幅《はば》のある川が、うねりながら南へ流れていく。長いこと町の中を通ってきた水は、暗いみどり色をしている。

ふいに頭の上を、なにかがかすめた。カモメだ。群《むれ》をつくって、川にそって飛んでいく。やがて点のようになって見えなくなると、竜司はまた歩きだした。

正面に大きな建物が見える。その横には体育館と消防署《しょうぼうしょ》がある。どの建物も川に面した方は裏側《うらがわ》で、県道の方が正面になっている。川側には駐輪場《ちゅうりんじょう》や花壇《かだん》がひと続きになっていて、消防士《しょうぼうし》が訓練をするための四角柱の大きな塔《とう》があるところだけは、人が入れないようにフェンスでかこまれている。

ズボンのポケットに手を入れると、指先に固いものがふれた。〝コンビニでおべんとうを買って食べて〟と書かれたメモの上に、ぽつんと置いてあった五百円玉だ。

いつもなら、学校からもどると、古いアパートの部屋には母さんがいる。でも今日はいなかった。昼間スーパーのレジ打ちをしている母さんは、いったん家に帰って食事をすませると、夜は居酒屋《いざかや》の仕事に行く。帰りは遅《おそ》い。おまけに焼き鳥のにおいをぷんぷんさせてくる。お酒くさいときもある。父さんはいない。竜司が一歳《さい》のときに、だまって出ていったらしい。それからずっとふたり暮《ぐ》らしだ。六年生の竜司は、夜ひとりでいるのにもなれた。怖《こわ》いことはない。ただ退屈《たいくつ》なだけだ。

授業《じゅぎょう》が終わると、竜司は急いでアパートに帰った。今日は誕生日《たんじょうび》。十二歳《さい》になった。走って帰ったのに、母さんはいなかった。ケーキもなかった。あったのはメモとお金だけ。弁当《べんとう》を買えと言われても、近くにコンビニはない。少し前なら、家からすぐのところにあったが、いつの間にか閉店《へいてん》してしまった。

ちぇ、使えない町だな。

竜司は、石でもけりたい気分だったが、コンクリートの橋はきれいなもので、小石ひとつ落ちていない。

橋をわたると、左にまがった。川の流れにそって歩き、次の角で今度は右におれると、広い駐車場《ちゅうしゃじょう》のあるコンビニに着いた。

弁当《べんとう》のコーナーを行ったり来たりして、さんざんまよったあげく、竜司は四百六十円の鉄板焼きハンバーグ弁当《べんとう》を選んだ。

「温めますか？」と店員に聞かれて、竜司はうなずく。

コンビニの時計は四時五十分。外に出ると、空が赤くなっていた。十月の終わりに吹《ふ》く風は、ちょっぴり冷たい。

行きには気にしなかった白い大きな建物が、帰りはずっと見えている。図書館だ。竜司はまだそこへ行ったことがない。

以前、竜司はあけぼの住宅《じゅうたく》というところに住んでいた。ひとり親で生活にこまっている家族を、一時的に助けてくれる施設《しせつ》だ。あけぼの住宅《じゅうたく》のむかいには地域《ちいき》センターがあって、中に小さな図書館があった。そこで竜司は、まずいことをした。雑誌《ざっし》を盗《ぬす》んだのだ。服の内側にすべりこませて、そのまま帰ってしまった。手続きがわからないし、めんどくさかった。読んだらすぐに返そうと思ったが、持ちだすより返す方が何倍もむずかしかった。

　ある日、地域《ちいき》センターの入り口に、郵便《ゆうびん》受けみたいなものがあるのに気がついた。そこに本を入れている人も見かけた。図書館の返却《へんきゃく》ポストだった。竜司が返却《へんきゃく》ポストに雑誌《ざっし》を投げこんだ週の終わり、また母さんの気まぐれがはじまって、引《ひ》っ越《こ》しをしなくてはならなくなった。そしてこの町に住むことになった。五年生の冬のはじめの話だ。

　目の前の図書館は、見たところ新しくはない。でも以前のところとは、くらべものにならないほど規模《きぼ》が大きい。

　建物をぼんやりながめていると、同じクラスの真下悠人《ましたゆうと》が、こちらにむかってくるのが見えた。竜司はあわてて歩きはじめた。

「おーい、山本くん！」

　急いで顔をそむけたが、見つかってしまった。同じクラスなのに、悠人のことはよく知らない。あまり話をしたことがないからだ。

　気まずかったが、竜司は立ちどまって悠人を待った。

　悠人はトートバッグを重そうにかついでいる。図書館の本がたくさん入っているようだ。

「買い物？」

悠人は、竜司のさげているレジ袋《ぶくろ》を見た。

「まあね」

コンビニ弁当《べんとう》を買いに来たとは、言いにくかった。

「山本くんの家、どっちだっけ？」

「川のむこう」

竜司は図書館とは反対側を指さした。そこには工場があって、ノコギリの刃《は》のようなギザギザした屋根が見える。その後ろには、木や草におおわれた台地が連なっている。

「じゃあ、学校の近くなの？」

「そうだよ」

「いいなあ。ぼくんち、あっちだから」

悠人は、コンビニのある方を指さした。悠人の家は、県道を横切った先にあるようだ。

竜司は一度だけ行ったことがある。道幅《みちはば》の広い、静かな住宅地《じゅうたくち》だ。なるほど、そこからだと学校までかなりの距離《きょり》がある。

悠人はそれっきりなにも言わなかった。竜司も言葉が見つからない。しかたがないので、「じゃあ」と言って、それぞれの方向に歩きだした。


次の日の昼休み。

竜司は、いつものように窓《まど》から外をながめていた。

校庭の先には、〝ふるさと公園〟という名前の公園が広がっている。芝生《しばふ》の広場や藤棚《ふじだな》、すべり台やジャングルジムなどの遊具が見える。木のかげになっているが、池や小さな田んぼがあり、奥《おく》の方は小高い森になっている。手前にある広場の木は、もう葉が茶色くなっていた。

校庭ではサッカーやドッジボールをする子たちが、にぎやかに動きまわっている。すぐ下に目をやると、花壇《かだん》のそばにあるイチョウの木の下に、ぽつんと悠人がいた。サッカーを見ているようだ。

悠人は、体育が苦手だ。ドッジボールはあきれるほど下手だし、とび箱もたいてい台の上に馬乗りになってしまう。この前は、鉄棒《てつぼう》に飛びついたとたん手がはなれて、尻《しり》もちをついた。握《にぎ》り方がおかしかったので、竜司はちょっとだけ教えてやった。そんな調子なので、サッカーの仲間には入れてもらえなかったのだろう。

悠人はふだんからおとなしく、先生のあげ足を取ったり、文句《もんく》を言ったりもしない。

授業《じゅぎょう》中に静かなのは竜司も同じだ。手もあげないし、ろくに黒板も見ていない。たまにさされて口ごもると、お節介《せっかい》なだれかが代わりに答えてくれる。

「ねえ、ロウソクに火をつけてよ」

「やだよ、お前やれよ」

「だれか、石灰水《せっかいすい》もらってきて」

今日の理科の実験だって、ひどくさわがしかったが、竜司はだまって後ろで見ていた。教室で竜司はいないも同然だ。そんな竜司に、昨日悠人が話しかけてきた。

どうしてだろう。

つま先で地面を掘《ほ》る悠人を見ながら、竜司は首をかしげた。

掃除《そうじ》をすませると、委員会活動をしていない竜司は、いつものようにだまってひとりで教室を出た。ふざけながら廊下《ろうか》を歩く子たちが、竜司のランドセルにぶつかる。その子たちは、あやまりもせずにかけていく。

児童用玄関《げんかん》で靴《くつ》をはきかえていると、ふいに竜司は名前を呼《よ》ばれた。ふりむくと悠人が立っていた。

「今日もコンビニに行くの？」

「たぶん行かない」

「残念だなあ」

「なんで？」

「ついでに図書館によらないかなと思って」

「行かないよ。好きじゃないんだ」

「え、どうして？」

「どうしても」

図書館と聞くと、竜司はどうしても雑誌《ざっし》のことを思いだしてしまう。

こっそり持ち出した雑誌《ざっし》を、なかなか返せないでいたとき、同じ住宅《じゅうたく》に住んでいた女の子に気づかれてしまった。その子は、面とむかって返せとは言わなかった。でも、なんとかしてもどさせようとしているのがはっきりわかった。雑誌《ざっし》を楽しみにしている子がいるとかなんとか言ってきたのだ。どうにか本は返せたが、あの数日間のいやな気持ちが、ふいによみがえることがある。

竜司はだまって歩いた。足音で、すぐ後ろに悠人がいるのがわかる。校門まで来ると、竜司は右にまがった。

見とおしのいいまっすぐな道路をどんどん歩く。十メートルほどして、竜司は横断歩《おうだんほ》道《どう》ではないところをわたり、工場の塀《へい》にそってさらに北に歩いた。一度だけふりかえると、遠くに悠人の背中《せなか》が小さく見えた。

アパートに帰ると、今日も母さんはいなかった。テーブルには、またメモと五百円。

ちぇっ！

竜司はランドセルを放り投げて、畳《たたみ》に寝《ね》ころんだ。空き室の多いアパートは、しんと静まりかえっていた。

2　ふるさと公園

次の日も母さんは帰っていなかった。三日連続だ。今度はメモもお金もない。すきっ腹《ぱら》をかかえて、竜司《りゅうじ》は外に出た。雲はオレンジ色にかわり、道ばたで枯《か》れ葉《は》がカサコソ音をたてている。

竜司は、ふるさと公園にむかった。

まっすぐ行けばそのまま公園の入り口だが、学校の手前で細い路地に入った。公園に通じる裏道《うらみち》だ。

竜司は校門の前を通りたくなかった。その先にある公園の正門もさけたかった。入ってすぐのところに広場があって、ボールをけっている同級生がいるかもしれないからだ。

ときどき竜司は、ひとりでここに来る。公園は広くて気持ちがいい。それに、奥《おく》まで来れば同級生にもめったに会うことはない。

公園の中は、秋のにおいがする。茅葺《かやぶ》きの門の横に〝長屋門《ながやもん》〟と書かれた立札があって、中に入ると梅の木が植えられている。その先には、もうひとつ門がある。手前には小さな橋がかかっていて、前に来たときは水路にアメンボがいたが、今日はすっかり水が干《ひ》あがっていた。

門をくぐると、目の前に古いどっしりした民家があらわれる。中庭には薪《まき》のもえるにおいがしている。

建物の中をのぞくと、暗がりから声がした。

「おや、きみか」

竜司は声のする方に顔をむけた。

「宿題はやったのか？」

「やったよ」

てきとうに答えると、「うそつくな」とすぐに言葉が返ってきた。

中に入ると、おじいさんは土間のすみにいた。先のまがった鉄の棒《ぼう》で、しきりに竈《かまど》の灰《はい》をかきまわしている。

竜司は、黒光りする上がり框《かまち》にだまって腰《こし》をかけた。

おじいさんは建物の管理をする人で、掃除《そうじ》をしたり、薪《まき》をもやしたりしている。煙《けむり》で部屋をいぶすのは、建物を保存《ほぞん》するために必要なことらしい。

「さて、終わりにするか」

しばらくすると、おじいさんは灰《はい》をかきだしはじめた。そばに、水の入ったバケツが置かれている。最後に、集めた灰《はい》の上にまくのだ。

竜司は足をぶらぶらさせて、おじいさんをながめた。ジューと灰《はい》が音をたてると、竜司は腰《こし》をあげ、入ってきた方と反対側の戸口から裏庭《うらにわ》に出た。

外には井戸《いど》と流しがあって、建物のすぐわきには、木製《もくせい》のフタがついたコンクリートの古いごみ箱が置かれている。

裏庭《うらにわ》のすみには目隠《めかく》しの板塀《いたべい》があって、小屋のようなトイレがある。板塀《いたべい》には、「このお手洗《てあら》いは使用できます」という案内がはられている。昔のトイレは外にあったのだ。出入り口からもずいぶんはなれている。すぐ後ろは暗い林だ。昔に生まれなくてよかったと、このトイレを見るたびに竜司は思う。

裏庭《うらにわ》の木戸《きど》をぬけると、雑木林《ぞうきばやし》の斜面《しゃめん》がせまっていた。ふいに風が起こって、ドングリの実がパラパラと落ちた。

地面に目をやった竜司は、見たことのない木の実に気づいた。あめ色でしわがあって、ロウのようなつややかな皮をしている。

実をひろって顔をあげると、目の前に大人の胴体《どうたい》ほどの木があった。すっくりとのびていて、下の方に枝《えだ》がない。見あげると、木は上の方でのびのびと枝《えだ》を広げていた。

葉のつき方もかわっていた。ひとつの節《ふし》に細長い葉が左右対称《さゆうたいしょう》にならんでいる。枝先《えださき》についている実はまだうす緑色でしわはなく、ぶどうの房《ふさ》のように固まっている。

竜司は足もとの実をいくつかひろって、上着のポケットにしまった。

次の日の昼休み。

竜司は、ポケットに両手をつっこんだまま、廊下《ろうか》を歩いていた。校長先生の姿《すがた》が見えたので、あわてて手を出した。そのとき、昨日ひろった木の実がポケットから飛びだした。

「これ、なんの実？」

後ろでだれかの声がした。ふりかえると悠人《ゆうと》だった。

「あ、それ……」

竜司は、思わず手をのばした。

「これ、どこにあったの？」

「すぐそこの、ふるさと公園」

「なんの実だろう。名前わかる？」

「知らない」

「名前を書いた札《ふだ》が、木についていなかった？」

「気がつかなかった」

「じゃあ、調べようよ」

「え？」

「帰りに図書館へ行こうよ」

「いやだ。図書館は好きじゃないって言ってるだろ」

竜司は横をむいた。

「ちょっと調べに行くだけだよ。お願いだからつきあって」

悠人はしつこく食いさがる。

「しょうがないな。ちょっとだけだよ」

今日も母さんは帰っていないだろう。どうせやることもない。竜司は、悠人の誘《さそ》いに乗ることにした。

放課後。竜司はアパートにランドセルを置きに行き、校門で待っていた悠人といっしょに図書館へむかった。

図書館の自動ドアが左右に開くと、竜司はなまつばをのみこんだ。

入ってすぐのところに、せまいゲートがあった。ひとりずつ通るようになっている。

悠人は右を、竜司は左のゲートを通った。

建物は天井《てんじょう》が高く、せいせいとしている。正面にはカウンターがあって、職員《しょくいん》がずらりとならんでいる。それを見て、竜司は体がこわばるのがわかった。

数えきれないほどの本と本棚《ほんだな》がならんでいる。手前に、ゆるやかにカーブする階段《かいだん》がある。吹《ふ》きぬけになっていて、明るくて見通しがいい。階段《かいだん》の下は半地下で、子どもの本のコーナーらしい。

ランドセルを背負《せお》ったまま、悠人はずんずん中に入っていく。

いまの学校は、より道にはきびしかっただろうか。規則《きそく》はどうだったかなと考えていると、悠人の姿《すがた》が見えなくなっていた。

竜司はあわてて本棚《ほんだな》のあいだをさがした。ここはまるで迷路《めいろ》で、見失うとやっかいだ。

竜司は急いであたりを見まわした。〝470〟というプレートがついた棚《たな》のところに、悠人はいた。数字の下には植物学と書かれている。

「やっぱり植物図鑑《しょくぶつずかん》だね」

悠人は棚《たな》に目を走らせながら、せっせと本をぬきとっていく。本がたまると、テーブルと椅子《いす》のあるコーナーへ運んでいった。竜司はだまってついて行った。

「これだけあれば、きっとわかるよ」

そう言うと、さっそく悠人はページをひらいた。

竜司はポケットから実を取りだして、悠人の目の前に置いた。

「この図鑑《ずかん》はどうも調べにくいな」

今月のおすすめ
五島一平 新刊

はじめに手にした本を閉《と》じて、悠人は次の本をひらく。『日本野生植物図鑑《ずかん》』という厚《あつ》い本だ。

「こっちの方が、環境《かんきょう》別になっていてさがしやすいかも。環境《かんきょう》が違《ちが》うと、植生《しょくせい》も違《ちが》うから」

しょくせい？

聞きなれない言葉に、竜司は首をかしげた。

目次には〝人ざとの植物〟〝水べの植物〟〝草原の植物〟という字がならんでいる。

「やっぱり〝雑木林《ぞうきばやし》の植物〟だろうな」

悠人はゆっくりページをめくっていく。そのあいだに竜司はすばやく写真に目を走らせる。見おぼえのある実の写真をみつけた。

「あ、これかも！」

「ほんと？」

「たぶん」

ふるさと公園にあった木の先には、ぶどうの房《ふさ》のような実がついていた。それによく似《に》ている。

写真には「ムクロジ」とあった。「黄褐色《おうかっしょく》で丸い実は、熟《じゅく》すと皮があめ色に変化してしわになる」と書かれている。

「中に、黒くて固い種ができるってあるよ」

竜司は、脳《のう》みそのしわのような皮につめを立てた。中から、黒くていびつな実があらわれた。

「ムクロジだ！」

悠人は、やったと手をたたいた。

ムクロジか。竜司は手のひらで実をころがしてみた。

なんだか、どこかで見たことがある。

「この本、まだなにか書いてあるよ。えーと、この実は羽根つきの羽の球や、数珠《じゅず》に使われたみたい。皮にはサポニンがあって、石けんの代わりにもされたって」

「へー」と竜司も思わず声をあげた。

「すごいね」と、悠人も言った。でも、すごいのはムクロジの実より悠人の熱心さだ。

本を棚《たな》にもどし、建物から出ると、竜司はふうとため息をついた。

「この図書館すごいな」

竜司は本の多さと、建物の大きさに圧倒《あっとう》された。

「ここは中央図書館だから、規模《きぼ》が大きいんだ。市内にあるほかの館はどれも分館《ぶんかん》だからずっと小さいよ」

あけぼの住宅《じゅうたく》の前にあったのは、分館《ぶんかん》だったのだろう。ここにくらべるとずいぶん小さかった。

「ところでさ。入り口にあったせまいゲートみたいなの、あれはなんなの？　ひとりずつしか通れないようになっていたけど」

「防犯《ぼうはん》のためのものだよ。貸出《かしだし》手続きをしていない本を持って出ようとすると、ブザーがなるんだ」

え？　竜司はどきりとした。

3 遅刻《ちこく》

遅《おそ》い。遅《おそ》すぎる。竜司《りゅうじ》はじりじりしていた。母さんが帰ってこないのだ。

いつもなら帰りが遅《おそ》かろうが早かろうが、かまわず寝《ね》てしまう。なのに、なぜか今夜は目がさえてなかなか寝《ね》つけない。

時計の針《はり》は、すでに十一時三十分をさしている。遠くで緊急車両《きんきゅうしゃりょう》のサイレンの音がしている。窓《まど》にかかったうすいカーテンのむこうで、木の枝《えだ》のほそいかげが、お化けのようにおいでおいでをしている。

十二時すぎに、ようやくガチャリとドアの鍵《かぎ》を開ける音がした。

「あら、まだ寝《ね》てなかったの？」

「遅《おそ》いよ」

「寝《ね》ていればいいじゃない」

「だって……」

「しかたがなかったのよ。酔《よ》っぱらったお客さんが、店を出たとたんにころんじゃってさ。救急車を呼《よ》んだりして、大変だったんだから」

ケガをした客を、すぐには病院へ運ぼうとしなかったらしい。

「救急車なのにぐずぐずしていて、いやになっちゃったわよ」

いつものように母さんが文句《もんく》を言いはじめた。竜司は急いで頭から布団《ふとん》をかぶった。

母さんの動く気配《けはい》を、布団《ふとん》の中で感じていたが、そのうちに眠《ねむ》ってしまった。

翌朝、竜司はすっかり寝坊《ねぼう》した。布団《ふとん》から出ると、いつも学校へ行く時間の十分前だった。

「もー、ちゃんと起こしてよ！」

竜司は、母さんの背中《せなか》にむかって大きな声を出した。言ってもしかたがないことはわかっている。でも、がまんができなかった。

「だから、起こしたじゃない」

「もっと早くだよ！」

「そんなこと言ったって、こっちだってちょっと前に目がさめたんだから」

「親だろ！」

「なんだって！　あたしだってせいいっぱい頑張《がんば》ってるんだよ。それなのに……」

またいつものグチだ。

「だいたいあの人がいけないんだ。あたしたちを見すてなきゃ、今ごろ、こんなみじめな生活なんかしてないのに」

家を出て行方不明《ゆくえふめい》になった父さん。冷たい親戚《しんせき》や職場《しょくば》のこと、ケンカ別れしたままになっている自分の親たちなど、母さんのグチはえんえんと続く。そして最後には、あんたのために頑張《がんば》っているんだからと、話のほこ先が竜司にむくのだ。

それはわかっている。何度も聞かされた。

竜司は、大急ぎで着がえをした。そしてランドセルに教科書をつめこむと、日がたってぼそぼそになった食パンをくわえたまま、家を飛びだした。

細い路地から広い道路に出ると、ずっと先に学校へむかう子たちが見えた。みんな急ぎ足で歩いている。竜司はその子たちを追いかける。校門から児童玄関《じどうげんかん》までは全速力だ。息をきらして教室にかけこむと、ちょうどチャイムがなりおわるところだった。

「はい、遅刻《ちこく》ね」

席にすわろうとすると、学級委員長の矢田《やだ》が立ちはだかった。意地悪い目つきで竜司をじっと見ている。

「セーフだよ。まだ、なりおわっていなかったよ」

とつぜん、横から悠人《ゆうと》が口をはさんできた。いつもはおとなしい悠人が、竜司をかばってくれる。

「いや、遅刻《ちこく》だ！」

矢田はむきになる。

「ぜったい、セーフだよ！」

悠人も引かない。

「どうでもいいよ」

竜司はふてくされた。

「セーフよ」

となりの席から山梨美紀《やまなしみき》の声がした。

三人はおどろいて声の主を見た。美紀はすました顔で朝読の本をひらいている。

矢田が眉《まゆ》をひそめる。

「山梨さん、ちゃんと見てたの？」

「見てました！」

美紀はきっぱりと言った。

「そうか、わかった」

矢田は、今度はあっさり引きさがった。そのとき担任《たんにん》の藤田《ふじた》先生が教室に入ってきた。

「先生、遅刻《ちこく》だよー」

だれかがさけぶ。

「悪い、悪い。朝の打ち合わせが長びいちゃってね」

藤田先生はぼさぼさの髪《かみ》に手をやった。

「さて、遅刻《ちこく》した者はいなかったかな」

出席簿《しゅっせきぼ》をひらきながら、藤田先生は教室を見わたした。

みんなはだまっている。

「いませんでした」

矢田がぽつりと答えた。

竜司は矢田を横目で見た。

矢田は背《せ》すじをぴんとのばして、どこから見ても学級委員長にふさわしい、クラスの代表という顔をしている。勉強もできるし、少し強引《ごういん》だけどリーダーシップがとれるやつだ。

竜司の右どなりには美紀がいる。

美紀は竜司より背《せ》が高く、手足がすらりとのびている。運動神経《うんどうしんけい》がよく、バレーボールがうまくて、春の運動会ではたしかリレーのメンバーだった。でも、だれかといっしょにいるところは、あまり見かけたことがない。

美紀も転校生だった。去年の九月にこの小学校に来たらしい。竜司がそれを知ったのは、つい最近のことで、美紀の方が竜司より二か月ほど早かったことになる。

竜司がとなり町から移《うつ》ってきたのとは違《ちが》って、美紀は、アメリカのシアトルというところから越《こ》してきた。小さいころからずっとアメリカ暮《ぐ》らしで、もちろん英語はペラペラ。国語と社会は苦手のようだが、算数や理科が得意で、その二科目のテストで矢田といい勝負らしい。

三時間目は音楽で、音楽室に移動《いどう》中、前を行く女子ふたりが誕生日会《たんじょうびかい》の話をしていた。

「ねえ、美紀を呼《よ》ぶ？　同じマンションなんでしょ」

「呼《よ》ばない。だって話があわないもの」

「てか、あの子、ちょっと空気読まなさすぎない？」

「そうそう。なんでもずけずけ言っちゃうし」

「しっ、後ろにいるわよ」

いつの間にか竜司の横を美紀が歩いていた。大股《おおまた》ですごい早さで歩いていく。あっという間に追いこされ、前のふたりもぬかれてしまった。

昼休みが終わったあとの五時間目。

「さてと、これから実力テストをする」

藤田先生の声に、みんなはいっせいにブーブーと鼻をならした。

「なにそれ！」

「聞いてないよ！」

「聞いてなくていいんだ。きみたちの学力をはかるものだから、ふだんの実力を出せばいい話だ」

藤田先生は、かまわずテスト用紙を配りだした。

テストの点など、はじめから気にしていない竜司は、まわってきた用紙をだまって受けとり、残りを後ろにわたした。

サラサラと鉛筆《えんぴつ》の走る音がする。

最初の国語は、書けない漢字がたくさんあった。次の算数は、文章問題で問いの意味がわからない。

半分ほど回答欄《かいとうらん》をうめると、竜司は大あくびをした。給食をおかわりしたせいでお腹《なか》はいっぱいだし、母さんのせいで寝不足《ねぶそく》だった。

終わりの時間が近づくと、藤田先生は教壇《きょうだん》からはなれた。席のあいだを歩きまわり、竜司の机《つくえ》の横で足をとめて、答案をのぞきこんだ。竜司はあわてて答案におおいかぶさった。

藤田先生の手が、竜司の頭にそっとふれた。竜司はしかたなく、下をむいたまま問題を解《と》くふりをした。


テストの結果は知らされなかった。クラスで一番成績《せいせき》がいいのは矢田だ。だれもがそう思っていた。ところが点数の一番よかったのは悠人で、次が美紀だったといううわさがたった。

授業《じゅぎょう》のとき、悠人は自分から手をあげることはない。でも、さされれば必ず答えるし、回答をまちがえることはない。

へえ、悠人って頭いいんだ。

竜司は、知りたがり屋の悠人なら当然かもしれないと思った。

4　班《はん》分《わ》け

「今日は班《はん》分《わ》けをするぞ」

藤《ふじ》田《た》先生の言葉に、クラスがざわついた。

毎年、この学校の六年生は、卒業の記念に、班《はん》に分《わ》かれて自由研究をする。秋の終わりから作業をはじめて、二月の終わりに発表するのだ。竜司《りゅうじ》は、前にだれかから聞いていた。みんながさわいだのは、小学校の終わりが近づいていることを、いやでも気づかされるからだろう。

「好きな者どうしでもかまわないぞ。ひとつの班は三人以上、六人までだ」

歩きまわって決めてもいいと藤田先生は言った。でもみんなは席にすわったまま、ぼうっとしている。

ガタンと椅《い》子《す》を引く音がして、とうとう矢田が立ちあがった。

「みんな、さっさと決めようぜ！」

矢田の声につられて、何人か席を立つと、クラスが一気にバラけて、ごちゃごちゃになった。そして、しだいに班ができあがっていく。

気がつくと、竜司、悠人《ゆうと》、美紀が取り残されていた。

「あまった者どうし組めば？」

三人を見て、矢田が言った。

「言われなくても、そうするわよ。そこのふたり、こっちに来て」

ぼうっとしていた竜司と悠人は、すぐに反応《はんのう》できない。

「早くしてってば！」

イラだった美紀の声に、悠人はビクッとして美紀のそばに急いでかけよった。それを見て、竜司はわざとゆっくり近づいていった。

「班《はん》が決まったようなので、ここにメンバー表を出して、なにを研究するか話しあってみなさい」

「先生、なんでもいいんですか？」

「市内のことならなんでもいいぞ。工業でも、農業でも、自然についてでも。いっしょにやるというのが大事な目的だからな」

いっしょにやるだって！

竜司は、胃のあたりが急に重たくなった。理科や家庭科でなにかと班《はん》にさせられるのが、いやでしかたがないのだ。

だまってその場にいよう。静かにしていれば、いつの間にかだれかがやってくれる。いつもの手だ。竜司は、すっかりそのつもりでいた。

「ねえ、なにかアイディアないの？」

とうとう美紀がしびれをきらした。それでも竜司も悠人もだまっている。ほかの班《はん》は、どこも大さわぎで意見を出しあっている。

「なんとか言ってよ！」

美紀が大きな声を出したので、悠人がぼそりと答えた。

「ぼくはやりたいことがありすぎて、ひとつにできないな」

「なんなのそれ？」

爆発《ばくはつ》しそうな美紀に、悠人はあわてて首を引っこめた。まるで、なにかにおどろいたカメみたいだ。

「先生、いつまでに決めるんですか？」

だれかが質問《しつもん》した。朝の会の終わりを知らせるチャイムは、とっくになりおわっていた。でも教室の中はあいかわらずさわがしい。

「こんな短い時間では、とても決められません！」

「それもそうだな。じゃあ、明日の放課後までということにしよう。なにをどうやって調べるか各班《かくはん》でどんどん話しあって進めるように」

藤田先生の言葉が終わらないうちに、美紀がきっぱりと言った。

「明日までにそれぞれ考えてくること。いいわね！」

「はあい」と、竜司と悠人はそろって気のない返事をした。

次の日の昼休み。

「ねえ、考えてきた？」

美紀が、悠人と竜司の顔を代わるがわる見る。悠人はうつむき、竜司は視線《しせん》をそらした。

「どうせ、そんなことだろうと思った」

美紀は、布製《ぬのせい》のエコバッグからなにやら取りだし、机《つくえ》の上にそっと置いた。それは、厚《あつ》いボール紙の小箱だった。

美紀はフタを開け、中から少し黄ばんだ布《ぬの》に包まれたものを、もったいぶった手つきで取りだした。

布《ぬの》を広げると、黒くすすけたようなかけらがあらわれた。長さ十センチほど。幅《はば》は四、五センチくらいのものだ。細長い横線が三本と、なにかを押《お》しつけたようなギザギザした模様《もよう》がついている。竜司には、われた土鍋《どなべ》のかけらに見えた。

こんなものを大事そうに包んだりして、どうかしていると竜司は思った。ところが悠人は、ぐっと顔を近づけて美紀に質問《しつもん》した。

「なにこれ、土器《どき》？」

「わからない。でも、大昔のものらしいの」

ただのかけらじゃないか。竜司は、そっぽをむいた。

「どうやって手に入れたの？」

「おじいちゃんにもらったの。子どものころ、ふるさと公園の裏《うら》で見つけたんだって」

「このあたりには、たしか遺跡《いせき》があるんだよね。子森遺跡《こもりいせき》っていったかな」

「そうらしいね。これを見つけたときは、まだふるさと公園ができる前で、発掘調査《はっくつちょうさ》もされていなかったって」

「へー、そうなんだ」

「ふるさと公園は、前はただの森だったみたい。まわりも田んぼばかりで、穴《あな》を掘《ほ》って遊んでいたら、土の中からこれが出てきたそうよ」

「よく知らないけど、子森遺跡《こもりいせき》って、ずいぶん古いみたいだね。縄文《じょうもん》時代や弥生《やよい》時代までさかのぼれるって」

「じょうもん？　やよい？」

美紀は首をかしげた。

縄文《じょうもん》時代がどれくらい古いのかは、竜司にもよくわからない。でも、言葉だけは聞いたことがある。あらためて見ると、ただのうすよごれたかけらが、なんだか急に〝ただものでないもの〟に思えてきた。

「それじゃあ、自由研究は子森遺跡《こもりいせき》にしよう」

悠人が提案《ていあん》した。

「いいわよ。そのつもりで持ってきたんだから。これがなんなのか、ずっと気になってたんだ」

「でも」と、悠人が口ごもった。

「なに？」

「山梨《やまなし》さん、それでいいの？　これ社会科だと思うけど」

「いいわよ。苦手だからやるの。やりがいがあるでしょ。チャレンジ！」

美紀は、きれいな発音で〝チャレンジ〟と言った。

竜司は、だまってふたりのやりとりを聞いていた。どうせ自分の出る幕《まく》はない。

でも、美紀は竜司にも賛成《さんせい》か反対かをたずねてきた。

「ねえ。ほんとうに山本はそれでいいの？」

美紀のまっすぐな視線《しせん》に、竜司は「いいよ」とだけ答えた。そんなことは、考えるだけでもめんどうだった。

「じゃあ決まり！」

美紀が親指を立てた。すると悠人が言った。

「とにかく、まずは図書館だ」

悠人らしいやと竜司は思った。

5　薪《まき》わり

放課後、竜司《りゅうじ》の足はふるさと公園へとむかっていた。

「やあ、どうした？　なんだかうかない顔をしているが。学校でなんかあったのか」

会えば、「やあ」か「宿題やったか」しか言わないおじいさんが、めずらしく竜司に話しかけてくる。竜司はだまって上がり框《かまち》に腰《こし》をかけた。

「いきなり聞かれても、話しづらいか。まあいい。いま言ったことは忘《わす》れてくれ」

おじいさんはそう言うと、自分の仕事にもどっていった。裏庭《うらにわ》から薪《まき》を運んで、土間のすみに積みあげる。その横にある甕《かめ》に水をはる。終わると、おじいさんは戸口に立って、腰《こし》をのばしながら外をながめた。正面に、トタン板をかんたんに葺《ふ》いただけの、薪《まき》の置き場が見える。

「もう少し作っておくかな」と、おじいさんがつぶやく。

なにを作るのだろうと竜司が思ったとき、ふいにおじいさんがふりかえった。

「そうだ。薪《まき》わりをやってみないか」

おじいさんは、いい思いつきだろうという顔をしている。竜司はきょとんとした。薪《まき》わりなんて、今までやったことがない。

おじいさんは、壁《かべ》に立てかけてあった斧《おの》を手に取ると外へ出た。竜司もあとからついて行った。

三十センチほどの長さに切られた木が、置き場の横に山積みになっている。おじいさんは、一番上の木を持ちあげると、土台になる丸太にのせた。

「こいつでバッサリやるんだ。いいか、気をつけてやれよ」

斧《おの》を竜司にわたして、

「木目《もくめ》を読むんだ」とおじいさんは言った。

「節《ふし》があるとわれにくいから、そういうときは上と下をひっくり返してみるといい」

斧《おの》はずしりと重かった。厚《あつ》い刃《は》は、きちんと手入れされているようでよく切れそうだ。長く使っているらしく、柄《え》はつやつやと光っている。

竜司は両手で斧《おの》を持ち、ためらいながらふりおろした。すると刃《は》が木の端《はし》にささって動かなくなった。失敗だ。

「どいてみな。こうやるんだ」

おじいさんは斧《おの》の柄《え》をにぎって、刃《は》がささったままの木をふりあげて、丸太の角にぶつけた。はずれた木を、もう一度丸太にのせ、「やっ!」と声をあげた。

カツンと気持ちのいい音をたて、木はまっぷたつにわれた。左右に落ちた木をひろって、それぞれをさらに半分にした。

「ほれ、やってみろ」

竜司は斧《おの》を受けとると、今度は思いきりふりおろした。大きさこそ、そろわなかったが、なんとかわることができた。

「いいぞ。その調子だ」

やがてコツがわかってきた。からぶりもした。われた木が、自分にむかって飛んでくることもあったが、竜司はどんどん薪《まき》を作っていった。

「なかなかすじがいいな。助手にしてやろうか」

おじいさんは、体をゆすりながら笑った。

竜司は得意な気持ちになったが、だまっていた。そのうち手が痛《いた》くなってきた。でも面白くてやめられない。おじいさんが「もういいだろう」と言うまで薪《まき》わりをした。

最後におじいさんは散らばっていた薪《まき》を集め、二本ずつ、たがいちがいに積んでいった。上から見ると、積まれた薪《まき》が〝井〟という字に見える。

「こうして、もえやすくなるように薪《まき》をかわかすんだ」

竜司も作業を手伝った。あたりには、なんともいえない木の香《かお》りがただよっている。なにを言われても、竜司はろくに返事もしなかったが、おじいさんは気にもせず、いろいろと教えてくれる。

「どうだ、少しは気分が晴れたか？」

竜司は薪《まき》を積む手をとめた。どうしようかとまよったが、竜司は話を聞いてもらうことにした。

「今度、班《はん》で自由研究をすることになって……」

「ほう」

おじいさんに見つめられて、竜司の頬《ほお》が熱くなった。

「みんなと、いっしょにやるのって、なんか苦手で……」

「そうか。でもな、この先どうしたって、いろんな人と関わらなくちゃならなくなる。人間ひとりでは生きていけないからな」

竜司はおじいさんの顔を見あげた。おじいさんの眉《まゆ》がわずかにゆがむ。

「ひょっとして、その班《はん》にどうしてもがまんのならないやつでもいるのかな？」

「ううん、そんなのはいない」

「なら、少しのあいだ、しんぼうしてみてはどうだろう。あんがい楽しいことがあるかもしれないぞ」

そんなことがあるだろうか。少なくとも、矢田といっしょじゃないのはありがたいが。

「それで、いったいなんの研究をするんだ？」

「班《はん》の子が、この近くから出た土器《どき》のかけらを持っていて、それがいつの時代のものか調べようって。あとは、この辺の遺跡《いせき》なんだけど……」

「子森遺跡《こもりいせき》か？」

「そう、それ」竜司はうなずいた。

「そりゃあ、おもしろそうだな。仲間に入れてほしいくらいだ」

え？　竜司はおじいさんを見た。

「いや、じょうだん、じょうだん。でもな、住んでいる町が、大昔どんなだったかって想像《そうぞう》するのは楽しいことじゃないかね」

竜司は返事ができない。

どうせそのうち引《ひ》っ越《こ》すのだ。どこに住んでも自分はよそ者だ。そんな思いが、いつもつきまとっている。だから今までどんな町に住んでも、その町を好きになることはほとんどなかった。

「土地のなりたちを調べるのは、とてもおもしろいものだよ。どこかに必ず昔のことがわかるあとが残っているしな」

おじいさんは、かまわずしゃべり続けた。

「定年になって時間ができてから、自分もいろいろと調べているのさ」

おじいさんはほほえんだ。

少しだけ気が楽になって、竜司も笑顔をおじいさんにむけた。

「川のむこうに図書館があるだろう。そこの郷土資料《きょうどしりょう》のコーナーに行って、調べたいことを係の人に聞けば資料《しりょう》をさがしてくれるからな」

やっぱり図書館か。悠人《ゆうと》も行こうと言っているし、どうしたってあそこへは、また行かなければならないだろう。

竜司はまた気が重くなってきた。すると、とつぜん竜司のお腹《なか》がググーと陽気な音をたてた。

「なんだ、腹《はら》がへったのか」

おじいさんは竜司にたずねた。

「答えにくいことを聞いたのなら申しわけないが、きみの家は両親がそろっているのか？」

竜司は、すぐに返事をすることができなかった。

「父さんはいないよ」

ややあいだを置いて、小さな声で言った。

「三食ちゃんと食べているのか？」

「食べてるよ」

それにはすぐ答えた。竜司にもみえがある。

ほんとうのところ、栄養のバランスがとれた食事らしい食事は給食だけだった。朝はパンを食べたり食べなかったり。夜はコンビニ弁当《べんとう》か、母さんがときどき買ってかえる見切り品で安くなったスーパーの総菜《そうざい》だ。昼間に母さんが帰ってこなければ、冷蔵庫《れいぞうこ》の中の食べられそうなものでしのぐしかない。

「中に入ろう」

建物にもどると、おじいさんは土間のすみから、鳩《はと》の絵のついた黄色い缶《かん》を出してきてフタを開けた。一枚《まい》ずつ袋《ふくろ》に入った丸いせんべいをもらうと、竜司は上がり框《かまち》に腰《こし》かけて袋《ふくろ》をあけた。おじいさんもいっしょに食べた。醤油《しょうゆ》味の香《こう》ばしいせんべいが、パリパリと軽い音をたてる。せんべいを三枚《まい》食べ、お茶をもらうとようやく落ちついた。

「さて、おしまいにするかな」

いつもどおり、おじいさんは竈《かまど》の灰《はい》を集めてバケツの水をかけた。ジューという音を聞くと、竜司も腰《こし》をあげた。

「これを持っていきなさい。なにかの役に立つかもしれない」

帰りかけた竜司に、おじいさんが一枚《まい》のプリントをくれた。さっと目を通すと、子どもに夕ごはんを出すサービスのお知らせのようだ。地図がのっている。場所は駅の方だった。

竜司は小さく紙をたたんで、ズボンの後ろのポケットにしまった。なんだかお守りをもらったような気がした。


静まりかえった公園の池をひとまわりしてから、竜司は家に帰った。

ドアを開けたとたん、ぷんといいにおいがした。母さんが帰っていた。

「あんた、どこに行っていたの？」

「ふるさと公園」

「遅《おそ》いから、先に食べちゃったよ。ちょっと待っていな。すぐに作るから」

テーブルの上に、空のどんぶりがある。うどんだ。

竜司は椅子《いす》にすわって、できあがるのを待った。

「じゃあ、行ってくるからね」

竜司がまだ食べ終わらないうちに、濃《こ》いめの化粧《けしょう》をした母さんが、バタンとドアを閉《し》めて出ていった。

6 郷土資料室《きょうどしりょうしつ》

「ちょっとやる気あるの？　意見があったらどんどん言ってよね！」

美紀は今日もきげんが悪い。

どうしてこんなふうに怒《おこ》ってばかりいるのだろう。

自分だって毎日がおもしろくない。だからといって、美紀のように年じゅうカッカとしているわけではない。さぞ腹《はら》がへることだろうと、竜司《りゅうじ》は同情《どうじょう》したくなった。

「ねえ、どうして山梨《やまなし》さんはいつもきげんが悪いの？」

悠人《ゆうと》も気になっていたのだろう。でも、あまりにもまともな聞き方なので、竜司はハラハラした。

「あんたたちが建設的《けんせつてき》な意見をどんどん出してくれれば、あたしだってこんなにイラつかないのよ！」

竜司の予想どおり、もっときげんをそこねてしまい、悠人はしまったという顔をした。けんせつてき？　なんだよそれ。むずかしい言葉をつかうなよ。国語が苦手なくせに。

竜司も、だんだん腹《はら》が立ってきた。

「仲間《なかま》われはいけないね」

矢田が、はなれたところから声をかけてきた。

「うるさいわね！　よけいなこと言わないで！」

美紀ににらまれて、矢田は首をすくめた。

「あのさ、少しだけ調べてきたんだけど」

悠人が、美紀の顔色をうかがうようにして切りだした。

「山梨さんの持《も》ってるかけら、縄文土器《じょうもんどき》じゃないかと思うんだ」

悠人は、クリアファイルにはさんであったコピーを取りだした。悠人のクリアファイルには、墨《すみ》で描《えが》かれたウサギやカエルのおどっている絵がついている。

「ほら、これ縄文《じょうもん》時代の終わりのころの土器《どき》。関東を中心に、中部地方、東北の南部、東海、近畿《きんき》まで分布《ぶんぷ》してたんだって。表面に縄《なわ》を押《お》しつけたみたいなあとがついている。

この写真、山梨さんのと似《に》てない？」

「たしかに似《に》ている。でも縄文《じょうもん》時代の終わりって、どれくらい前なの？」

美紀は、コピーの写真を食い入るように見つめている。

「今から三千年くらい前かなあ」

「えー、すごい大昔じゃない！　そんな昔から、このあたりには人が住んでいたってこと？」

「たぶん」

ふたりのやりとりを聞いて、竜司も横目で写真をのぞいた。

土器《どき》のかけらが五つばかり写っていて、そのうちのひとつが、美紀の持っているものにそっくりだ。竜司は体がゾクリとした。

「ネットの情報《じょうほう》は信用できないこともあるから、図書館の本で確認《かくにん》しなくちゃいけないけど」

悠人がつけ加える。

授業《じゅぎょう》でパソコンを習ったときも、ネットの情報《じょうほう》は必ずしも正確《せいかく》ではないと藤田《ふじた》先生が言っていた。

「じゃあ、今度の休みの日に、図書館へ行ってみようじゃないの。それから、子森遺跡《こもりいせき》のことも調べなくちゃ」

美紀はふたりに「いいわね！」と念を押《お》した。

「そういえば、図書館には郷土資料《きょうどしりょう》のコーナーがあるんだってさ。係の人もいるって」

返事の代わりに竜司が、ふるさと公園のおじいさんから聞いたことを話すと、ふたりは顔を見あわせた。

「なんだよ。おれ、なんか変なこと言った？」

「山本が、図書館の話をするから」

「ほんと、びっくりした。だって、図書館は嫌《きら》いだって言ってたから」

竜司はフンと言って横をむき、気分をそこねたふりをした。でも、心の中はくすぐったくてしかたがなかった。

「そうそう。あそこの郷土資料室《きょうどしりょうしつ》は、ほかと別のコーナーになっていて、いつか入ってみたいと思っていたんだ。ディズニーランドの回転バーみたいなのが、入り口についているんだよ」

悠人が楽しそうに説明する。

なんだそれ！　かんたんに出入りできないようになっているのか。どういうしかけなんだ。

せっかくはずみかけた気持ちがまたしずんでしまい、竜司はため息をついた。

たしかに、郷土資料室《きょうどしりょうしつ》の入り口には回転バーがあった。

手でバーを回転させて、ひとりずつ入るようになっている。悠人を先頭に、美紀、竜司の順に押《お》して入った。

通りぬけると、すぐ横にカウンターがあって、職員《しょくいん》がすわっていた。メガネをかけた女の人で、三人が入っていくと「おや」という顔をした。

ほかのコーナーにくらべて、郷土資料室《きょうどしりょうしつ》の中はいっそう静まりかえっている。物音ひとつしない。三人はささやき声で相談し、まず机《つくえ》と椅子《いす》を確保《かくほ》した。そして、身ぶりや目で合図しながら、めざす資料《しりょう》をさがした。

昔の資料《しりょう》を集めてある棚《たな》で、悠人が一冊《さつ》ずつ確認《かくにん》する。表紙を見たり、ページをめくったりして、役に立ちそうなものがあると引きぬいて美紀に手わたす。受けとった美紀は、すぐに竜司にあずける。

本がふえるにつれて、竜司は腕《うで》がつらくなってきた。

「重いんだけど」とささやくと、「しっかりしなさいよ」とささやきかえされた。

「うーん」とうなると、「しょうがないわね」と言って、美紀は竜司の腕《うで》からひょいと資料《しりょう》を取りあげて机《つくえ》に運んでいった。

すごい怪力《かいりき》！　竜司はあっけにとられた。

机《つくえ》に積みあげられた資料《しりょう》を、今度は手わけして読んでいく。

「遺跡発掘調査報告書《いせきはっくつちょうさほうこくしょ》」と書かれた冊子《さっし》は何冊《なんさつ》もあって、どれも頭が痛《いた》くなるほど漢字が多い。地図もぼやけていて、よくわからない図や記号がのっている。すぐに竜司は投げだしたくなった。

美紀も同じらしい。だんだんイライラしてくるのがわかる。悠人だけは、熱心に読みふけっている。ときどき「ふーん」とか、「そうか」と、ひとりごとを言う。

すっかりいやになった竜司は、音をたてて冊子《さっし》を閉《と》じた。

「ちょっとその辺、ひとまわりしてくる」

竜司は立ちあがって、机《つくえ》からはなれようとした。

「待ちなさいよ！」

大声をあげる美紀に、竜司と悠人が、そろって「シー」とひとさし指を口にあてた。

〝ト、イ、レ〟と、声は出さずに口だけ動かすと、竜司は急いで郷土資料室《きょうどしりょうしつ》を出た。

ほんとうのところ、トイレにも行きたかったのだ。

入り口近くにトイレがあった。用をすませ、洗《あら》った手をズボンのおしりでふいて、竜司は館内を歩きまわった。

ぐるっと見わたすと、ほんとうにたくさんの本がある。どこを見ても本だらけだ。いったいどれくらいあるのか見当がつかない。

カウンターの反対側には、モニターと椅子《いす》がずらりとならんでいて、ヘッドホンをかけてＤＶＤを見ている人がいた。

雑誌《ざっし》のコーナーもずいぶん広い。たくさんの雑誌《ざっし》の最新号が、表紙の見えるようにならんでいる。だまって雑誌《ざっし》を持ちかえり、返すのに苦労したことを思いだして、竜司は目をそむけた。

案内板を見ると、二階《かい》には会議室や事務室《じむしつ》がある。半地下になっている子どもの本のコーナーは、南側に窓《まど》が大きくあいていて、自然の光がさしている。

ゆるいカーブを描《えが》く階段《かいだん》を下りていくと、右側に緑色のカーペットが敷《し》いてあって、靴《くつ》をぬぐようになっている。低い棚《たな》が横に長くのびていて、そこでは、母親といっしょの小さな子が絵本を広げている。寝《ね》ころびながら本を読んでいる子もいた。

上の階《かい》にくらべて、音がひびかない。話し声や絵本を読む声もするのに、少しも気にならない。

読みもの、歴史、伝記、科学、生き物図鑑《ずかん》。いろいろな本がある。あちらこちらに目をやりながら本棚《ほんだな》のあいだを歩いていると、後ろからポンと肩《かた》をたたかれた。

ふりむくと、悠人が立っていた。

「ねえ、貸出《かしだし》カード作ってほしいんだ」

「え、おれの？　なんでさ」

「ちょうどいい本が三冊《さつ》あったんだ。わかりやすくまとまっているのがね。それを借りていこうと思うんだけど……」

「借りればいいだろ」

「ぼくはめいっぱい借りちゃってるからダメなんだ。山梨さんは、今日はカードを持って来なかったんだって」

「わかったよ」

悠人に引っぱられるようにして、竜司はしぶしぶ近くのカウンターに行った。用紙に名前と住所と学校名を書くと、カードはすぐに手に入った。

それを持って郷土資料室《きょうどしりょうしつ》にもどると、メガネの女の人に、本といっしょに差しだした。

借りたのは、『大地に刻《きざ》まれた歴史』という、市がまとめた本だ。それの二巻《かん》、三巻《かん》、四巻《かん》で、それぞれ縄文《じょうもん》時代、弥生《やよい》時代、古墳《こふん》時代にわかれている。

「一冊《さつ》ずつ持ってかえって、明日学校で交換《こうかん》しよう」

美紀が提案《ていあん》する。

「え、明日までに読むの？」

「そうよ」

悠人はなんでもない顔をしてだまっているが、竜司はとても無理だと思った。

「全部じゃなくていいのよ。関係のあるところだけで」

そう言われて、竜司は少しだけ気が楽になった。

「わかったよ」

竜司は、二巻《かん》を受けとった。縄文《じょうもん》時代の巻《かん》だ。

悠人とは、図書館の前で別れた。竜司と美紀は帰る方向がいっしょだ。美紀は、竜司のアパートよりさらに五、六分ほど行った、二十階《かい》建ての高層《こうそう》マンションに住んでいる。

美紀は大股《おおまた》でどんどん歩いていく。その後ろから、竜司はわざとゆっくり橋をわたった。

7 竜司《りゅうじ》の見つけたこと

図書館で借りた『大地に刻《きざ》まれた歴史』は、ふつうよりサイズの大きな本だ。たてが三十センチくらいある。むずかしい漢字もたくさん使われている。それを、明日までに読んでこいと美紀は言った。しかたがなく持ちかえったものの、なかなか読む気にはなれない。竜司《りゅうじ》は音をたてて本をテーブルに置いた。

「なんだよ、あいつ。ひとりで勝手に決めちゃって」

ぼやいたところで、どうも美紀にはさからえない。

美紀は、竜司や悠人《ゆうと》よりずっと背《せ》が高いだけでなく、顔つきも大人びている。まるで年上のお姉さんのようだ。教室にいる美紀は、小学生の中にひとりだけ中学生がまじっているように見える。

図書館の本をちらりと見て、竜司はため息をついた。

アパートは静かだった。母さんはとなりの部屋で寝《ね》ている。日曜日は学生のアルバイトが来るのでスーパーの仕事は休みなのだ。夜の居酒屋《いざかや》も、役所の人や会社勤《かいしゃづと》めのお客さんがこないので定休日だ。だから母さんはふだんの寝不足《ねぶそく》をおぎなうために、日曜日にはよく昼寝《ひるね》をする。

なにもすることのない竜司は、横目で本をながめていたが、とうとう手をのばした。表紙には、しゃがんで土を掘《ほ》る人の写真がのっている。発掘現場《はっくつげんば》だ。ページをめくっていくと、ある地図に目がとまった。

縄文《じょうもん》時代の前期、竜司の住んでいる市の半分くらいが海だった。図書館の前を流れる川の河口《かこう》は、南に四キロメートルほど行ったところにある。ところが、その時代の河口《かこう》は、竜司の住む地域《ちいき》よりも北の方にあったのだ。そこから南西の部分はすっかり青くぬられている。どうやら、ふるさと公園の山が陸地のへりで、工場や小学校、竜司のアパートも海だったように見える。

そうすると、悠人の家など完全に海の中だ。それに気がついた竜司は、なんだか愉快《ゆかい》な気分になった。

このことを知ったら、ふたりはどんな顔をするだろう。竜司は、話をするのが楽しみでしかたがなかった。


翌日、学校へ行くと、竜司はさっそく二巻《かん》を手に、美紀のところへ行った。

「読んできた？」と美紀に聞かれ、「なんとかね」と竜司は答えた。ほんとうはきちんと読んでなどいない。とばし読みもいいところだ。

「じゃあ、これわたしておくから、真下《ました》の持っていったのと交換《こうかん》して」

美紀は二巻《かん》を受けとり、代わりに四巻《かん》をよこした。四巻《かん》は古墳《こふん》時代について書かれている。これを悠人の持ってかえった三巻《かん》の弥生《やよい》時代と交換《こうかん》しろと言うのだ。

「あのさ」

竜司が口をひらきかけたとき、ふたりのあいだを矢田がさえぎった。矢田は、竜司の顔をじろじろ見ながら、カニのような横歩きで通りすぎていった。

「ねえ、いつまでいるのよ。ほかに用でもあるの？」

矢田の背中《せなか》をあきれて見ていると、美紀がめいわくそうに言った。

タイミングをのがした竜司は話す気がすっかり失《う》せて、「なんでもない」と言って自分の席にもどった。

竜司は、椅子《いす》にすわって目を閉《と》じた。空想の世界に行くための準備《じゅんび》だ。授業《じゅぎょう》中だろうが休み時間だろうがかまわない。いつだってこの遊びを楽しむ。

まず深呼吸《しんこきゅう》をする。いったん頭の中をからっぽにしてから、今度は昨日見た地図でいっぱいにする。そこには川も、学校も、工場もない。どこまでも砂浜《すなはま》が広がっている。その先は青々とした大海原《おおうなばら》だ。気温は今よりあたたかい。

ふと、前にどこかで見た縄文人《じょうもんじん》の格好《かっこう》がうかんでくる。首のところが丸く開いていて、女の人のワンピースのような服。腰《こし》のあたりをひもでしばって、顔には白い線を何本か入れる。そんな格好《かっこう》をして、竜司は料理をしている。とったアサリを土器《どき》の鍋《なべ》に入れて、木の棒と板をこすり合わせる火おこし器で、ひろった流木《りゅうぼく》に火をつけ、アサリ汁《じる》を作っている。

海の近くの崖《がけ》に掘《ほ》った穴《あな》には、竜司の家族が住んでいる。母さん、空想の父さん、なぜかふるさと公園のおじいさんもいる。みんなそれぞれ、蔓《つる》で籠《かご》を編《あ》んだり、魚を干《ほ》したり、木の実をつぶしたりしている。

「山本、なにボーッとしてるんだ」

とつぜん藤田《ふじた》先生に声をかけられた。

「アサリ汁《じる》が……」

竜司は、一瞬《いっしゅん》、現実《げんじつ》の世界にもどるのが遅《おく》れた。

「アサリ汁《じる》がどうしたって？　今は理科の時間だぞ」

授業《じゅぎょう》がはじまったのに、竜司は気がつかなかったのだ。教室じゅうに、笑いの渦《うず》が起こった。しまった、と思ったが遅《おそ》かった。竜司は、笑いがおさまるまでだまって待つしかないと思った。

「さて、山本がまた寝《ね》てしまわないように、目のさめるような授業《じゅぎょう》をしなくちゃな。小テストでもするかな？」

藤田先生はにやりと笑う。

「げー、それはないよー」

「実験、実験がいい！」

「外へ行こうよ！　野外観察だ」

「授業《じゅぎょう》はやめて、遊び！」

教室がさわがしくなる。

「こら、調子にのるな」

藤田先生はまたみんなを授業《じゅぎょう》にもどした。教室が静かになるまでのあいだ、竜司は頬《ほお》がほてるのを感じながら下をむいていた。


昼休み。いつものように竜司が窓《まど》から外をながめていると、悠人が話しかけてきた。

「アサリ汁《じる》ってなんのこと？」

「なんでもないって！」

その話にはふれてほしくない竜司は、きつい調子で言った。

「それより、山梨《やまなし》から四巻《かん》をあずかった。今、持ってくるから、ちょっと待ってて」

竜司は急いで、自分の席に行った。悠人も、自分が持ってかえっていた三巻《かん》を取りに行った。

「そうそう、おもしろい話してやろうか」

「なに？　おもしろい話って」

「いいから、ちょっと来いよ」

竜司は手まねきをして、悠人を美紀のところに連れていった。自分の席で二巻《かん》を読んでいた美紀は顔を上げた。

「ねえ。悪いけど、その本ちょっと見せてくれないか」

読んでいるところをじゃまされて、腹《はら》が立ったようだ。美紀は一瞬《いっしゅん》顔をしかめたが、だまって本を差しだした。竜司は気がつかないふりをして受けとると、ページをめくった。

「ほら見てよ、この地図」

「え、なにこれ？　うわー、すごい！」

ひと目見るなり、悠人はすべてを理解《りかい》したようだ。

「な、お前んちヤバイだろ？」

「ヤバイ、ヤバイ！」

悠人は身をよじっている。

「ねえ、なにがヤバイのよ」

ふたりがさわぎたてるので気になったらしく、美紀も立ちあがって二巻《かん》をのぞいた。

「こいつんち、縄文《じょうもん》時代のはじめは海の中だったんだぜ」

「そういう山本くんの家だって海じゃないの？」と悠人。

「おれんちはいいの。借りてるアパートだから」

美紀は竜司の手から本を引ったくった。そして目を丸くした。

「ほんとだ！　工場も小学校も海の中じゃない！　うちのマンションは、うーん、ぎりぎりセーフかな」

「だよね。でも、あとの方になると、海だったところも砂浜《すなはま》になってくるんだぜ」

「どうしてかしら？」

「たぶん、川から運ばれてきた土砂《どしゃ》が長いあいだにこの辺にたまって、陸地になっていったんじゃないかな」

悠人が腕組《うでぐ》みをしながら言う。

すると竜司がすらすらと説明した。

「七千年前の縄文《じょうもん》時代には気温が上がって、海面が三メートルから五メートルくらい高くなったんだって。それがおさまると今度は気温が下がって、海面が低くなっていったらしいよ。それで三千年前には今の高さになったって」

美紀と悠人がたがいに顔を見あわせている。

「これに書いてあったんだけどね」

竜司は本を指さした。

「それにしても、そんなに海が上がったり下がったりするなんて！」

悠人が言うと、すぐに美紀は、

「あたしは海より、山本が本を読んできたことの方がおどろきだわ！」

「え？　そっち？」

三人は同時に大笑いした。

「ねえ、ねえ、なにをさわいでいるの？」

そのとき、後ろから矢田が声をかけてきた。背伸《せの》びをして、頭ごしにのぞきこもうとする。

「今、相談中だから、じゃましないでほしいな！」

美紀が口をひらく前に、めずらしく竜司が正面から矢田を見て言った。

矢田は「え？」と短く言ったが、そのままだまって退散《たいさん》した。

それには竜司の方がおどろいた。

ほんとうは、矢田にもまったく関係がないわけではない。矢田が住んでいるのは、美紀と同じマンションの別棟《べつむね》なのだ。

「これ、発表のとき使えるわね」

美紀がくっくっくと忍《しの》び笑《わら》いをする。うん使える。竜司も自然に笑みがこぼれた。

「ねえ、このまわりには、時代の違《ちが》う遺跡《いせき》がいくつかあるじゃない。それどういうことかな？」

とつぜん美紀がまじめな顔をした。

「大昔からずっと人が住んでいたってことだよね。つまりここは昔から、暮《く》らしやすい条件《じょうけん》がそろっていたってことなんじゃない？」と悠人が言った。

「そうか、この辺は暮《く》らしやすいのね。それにしても山本、いいところに目をつけたよね」

「え、おれが？」

美紀の言葉は、竜司には意外だった。海のことは、ふたりをおどろかせよう、悠人をからかおうとしか考えてなかったからだ。

「そうだ。あたしが読んだのには、横穴古墳《よこあなこふん》というのがあったの。うちのそばにあるらしいんだけど、おもしろそうよ。ねえ、調べに行こうよ」

「いいよ」と悠人。

「明日の放課後なんてどう？」

悠人はすぐに賛成《さんせい》した。竜司も、「いいよ」と答えた。どうせ、いつだってヒマだ。

あとになって、悠人が竜司にささやいた。

「山梨さんって、思いたったらすぐの人だね」

まったくそのとおりだ。竜司も、笑いながらうなずいた。

8　古墳《こふん》をさがしに

次の日の放課後。三人は横穴古墳《よこあなこふん》へ行くことになった。

竜司《りゅうじ》は悠人《ゆうと》のランドセルを受けとると、自分のといっしょにアパートまで置きに行った。そして路地の入り口で待っているふたりのところへ、大急ぎでもどった。次は美紀のマンションによることになった。

竜司がまずおどろいたのは、建物に入るときだ。オートロックになっていて、外部の者が勝手に入ることができないようになっていた。美紀は、なれた手つきで暗証《あんしょう》番号を打ちこむ。すると静かに自動ドアが開いた。中に入ると、そこは広々としたロビーだった。いつかテレビで見た高級なホテルのようだ。

「ここで、ちょっと待ってて。これ置いてくるから」

背中《せなか》を指さして、美紀はエレベーターに乗りこんだ。背負《せお》っているリュックは、ショッキングピンクやブルーが組み合わさった派手《はで》なデザインだった。

竜司と悠人は、黒い革張《かわば》りのソファーにそっと腰《こし》をかけた。ふわりとお尻《しり》がしずんで、竜司はどうにも落ちつかない。悠人も膝《ひざ》の上に両手を乗せ、かしこまった姿勢《しせい》で待っている。

早くもどってこいよと思った瞬間《しゅんかん》、エレベーターのドアが開いた。

マンションの前の広い道を東に少し行くと、細い道に入った。五分ほどで神社に着いた。鳥居《とりい》のすぐ先に案内板があって、横穴古墳《よこあなこふん》はそこから四百メートル先の寺にあると書かれている。

三人は果樹園《かじゅえん》にそって歩く。フェンスのむこうに栗《くり》の木が見える。ところどころに、実をとったあとのイガの山がある。

とちゅうに、美紀のおじいさんの家があった。庭に形のいい松の木があって、よく手入れがされている。ずいぶん大きくて古そうな家だ。

「パパが生まれた家なんだ」

学校で見せてもらった土器《どき》のかけらは、ここに住むおじいさんが見つけたのだ。

やがてひらけたところに出た。右手に寺の門がある。道路わきには〝横穴古墳《よこあなこふん》〟という看板《かんばん》もある。

「ここだわ」

階段《かいだん》をあがって境内《けいだい》に入ったが、庭や本堂の裏《うら》など、どこをさがしても横穴《よこあな》らしきものは見つからない。

「おかしいわね。どこにあるのかしら？」

「埋めちゃったんじゃないの」

竜司は、わざとじょうだんを言った。

「そんなことないと思うよ。看板《かんばん》だってちゃんとあるんだし」

あたりを見まわしながら、悠人が言った。

けれど、どうしても見つからない。しかたがなく山門までもどると、とつぜん美紀が「あの子に聞いてみよう」と言った。

道のむかいにある小さな公園で、二年生か三年生くらいの男の子が、ひとりで鉄棒《てつぼう》の練習をしていた。ほかに人どおりはない。

「ねえ、ねえ。この辺に横穴古墳《よこあなこふん》っていうのがあるはずなんだけど、きみ知ってる？」

その子はちょっと考えてから、だまって指をさした。先をたどると、高いところに穴《あな》が見える。寺の横の駐車場《ちゅうしゃじょう》に斜面《しゃめん》があって、上の方に黒くぽっかりあいた穴《あな》があるのだ。

そこは、寺の敷地《しきち》からは死角《しかく》になっていた。

「あれだ！」

美紀がまっ先にかけだした。あわてて竜司もあとを追う。

「ありがとう！」

ふりかえると、悠人が男の子にお礼を言っている。

駐車場《ちゅうしゃじょう》から見あげると、腕《うで》を広げたくらいの幅《はば》の三つの穴《あな》が見える。高さは三、四メートルほどだ。ところどころ岩がはり出し、枯《か》れ草《くさ》が生えていて、ほかに穴《あな》は確認《かくにん》できなかった。

「あったね」

「うん」

美紀と竜司はうなずきあった。

あとから来た悠人は、ポケットからデジタルカメラを出すと、さかんにシャッターを押《お》した。

さすがは悠人だと、竜司はあらためて思った。

目の前にある案内板によると、横穴古墳《よこあなこふん》が掘《ほ》られたのは六世紀後半と書かれている。

悠人はその看板《かんばん》の文字も写真にとっている。

「六世紀後半って、どのくらい前なんだ」

竜司がつぶやく。

「ええと、今からざっと千四百年以上も前だね」

悠人がすばやく計算してくれた。

「あそこには人が住んでいたのかな?」

「古墳《こふん》ってお墓《はか》だよ。死んだ人を埋《う》めたんだよ。ここのは、王族とかそんなにえらい人のものではなかったみたいだけどね」と美紀が言う。

「あれが墓《はか》か?」竜司は首をかしげた。

なんでわざわざ斜面《しゃめん》に墓《はか》をつくったのだろう。墓《はか》なら地面に穴《あな》を掘《ほ》ればいいのに。あ

んな切りたった崖《がけ》では、ロッククライミングでもしなければ、墓参《はかまい》りだってできない。

「ざっとしか読んでないけど、四巻《かん》によると、工場やうちの学校、それからふるさと公園の斜面《しゃめん》にも、たくさんの横穴古墳《よこあなこふん》があったらしいよ」

悠人が穴《あな》を見つめながら言った。竜司はびっくりした。自分の住んでいるアパートのあたりにも、横穴古墳《よこあなこふん》があったかもしれない。

「へー、じゃあ、このあたりは墓《はか》だらけだったってこと？」

美紀がたずねた。

「うん。でも、そんなにたくさんのお墓《はか》が必要なほど、大きな集落があったかというと、じつは見つかってないんだって」

「どういうこと？」

四巻《かん》をまだ読んでいない竜司も、ふしぎに思った。

「ほかの本には、横穴古墳《よこあなこふん》は共同の墓地《ぼち》だったかもしれないって書いてあった。まわりのいくつかの集落が、みんなで使っていたんじゃないかって」

さらに悠人は言う。

「横穴古墳《よこあなこふん》や後円墳《こうえんふん》が細長く分布《ぶんぷ》しているところがあるんだ。だから、ここより北の地《ち》域《いき》に、ものすごく大きな集落があったんじゃないかとぼくは思うんだ」

「どうして北なの？」と美紀。

「だってほら、南は海だったから」

「なるほどね。そういうふうな説を出してもいいんじゃない。自由研究なんだから」

「いいのかな？」

「いいのよ。仮説《かせつ》ってやつよ」

ふたりのやりとりを聞いていた竜司は、頭にうかんだ疑問《ぎもん》を口にしてみた。

「ねえ、墓《はか》をどうしてあんな高い崖《がけ》の、不便《ふべん》なところに掘ったのかな？」

「さあ」

ふたりも首をかしげる。

「それも、研究のひとつにしたら。なぜあんなところに穴《あな》を掘《ほ》ったか。四巻《かん》には書いてなかった気がする」

なるほど、それはおもしろそうだ。竜司は、美紀に提案《ていあん》されてうれしくなった。

帰りに、美紀のマンションによった。

美紀の住まいは十階《かい》だ。ベランダのむこうはあざやかな夕焼け空で、藍色《あいいろ》の山が横に連なっている。

目の前に広がる景色に、竜司は息をのんだ。

少しのあいだ住んでいたあけぼの住宅《じゅうたく》も、高台にあって見晴らしがよかったが、これほどではなかった。おまけにこのマンションからは海まで見える。

「いいながめだなあ。うらやましいな。ぼくの家からは、なんにも見えないよ」

悠人もため息をつく。

「どうぞ。めしあがれ」

美紀の母親が、手作りのおやつを出してくれた。さっきから甘《あま》いにおいがしていて、気になっていた。

背《せ》の高い美紀の母親は、ネックレスなんかして、どこかに出かけるような服装《ふくそう》をしている。

「焼きたてだからおいしいよ」

美紀は、まっ先にクレープの皿に手をのばした。

竜司はおずおずと皿を引きよせ、フォークをつきさす。それから思いきってかぶりついた。口の中が生クリームとチョコレートでいっぱいになって、心までとろけそうになる。

「横穴古墳《よこあなこふん》はどうだったの？　近くなんですってね。ぜんぜん知らなかったわ。ママも今度行ってみようかな」

対面式のキッチンから、美紀の母親が話しかけてくる。

「中がどうなっているのかは、よくわからなかったわ。とっても急な崖《がけ》で、すごく高いところにあったから」

「あら、そうなの？」

「うちの母も、見に行きたいと言っています」

悠人がさりげなくわりこむ。

「真下《ました》くんのお母さんは、たしか大学で教えていらっしゃるのよね」

「はい、発達心理学《はったつしんりがく》が専門《せんもん》です」

はったつしんりがく？　なんだそれは。

竜司の目が点になる。布団《ふとん》にくるまって昼寝《ひるね》をする母さんの姿《すがた》が、ふと頭にうかんだ。

9　男の人

学校の帰り道、竜司《りゅうじ》はすでに腹《はら》ぺこだった。そのわけは給食にあった。今日の献立《こんだて》は八宝菜《はっぽうさい》に、トリの唐揚《からあ》げ。人気のメニューだ。給食当番がうまく取りわけたので、八宝菜《はっぽうさい》の残りはわずかだった。そこへ希望者が殺到《さっとう》したのだ。

ジャンケンになったので、必ずおかわりをする竜司は、まっ先に配膳台《はいぜんだい》の前にかけつけた。ところが、一発目に出したグーであっけなく負けてしまった。

竜司の家では、おやつなどめったに置いてない。母さんが帰っていなければ、冷蔵庫《れいぞうこ》をあさるしかない。そのますぐに食べられるものがあればいいのだが、たぶんなにもないだろう。

そういえば、あれ、めちゃくちゃうまかったな。

美紀のマンションで出されたクレープを思いだしながら、竜司はアパートに通じる細い路地をまがった。少し行くと、通りの方で車のとまる音がした。なにげなくふりかえって、足がとまった。

車の助手席からおりてきたのは、母さんだった。

反対側からは、知らない男の人があらわれる。黒いセーターを着て、ニット帽《ぼう》をかぶっている。背《せ》がすごく高い。その人は、後ろのドアを開けて、ふくらんだスーパーの袋《ふくろ》を取りだすと、母さんに手わたした。袋《ふくろ》を受けとった母さんは、頭を下げている。

ニット帽《ぼう》の後ろに手をやりながら、男の人はなにか言っている。そしてまた車のむこう側へと消え、すぐに発車した。母さんはそれをじっと見送っている。

とつぜん竜司はかけだした。

アパートの階段《かいだん》も大急ぎで上がり、あせりながらドアの鍵《かぎ》を開けた。部屋に入ると、背中《せなか》からランドセルをふりおとして、部屋のすみへ足でどけた。

「ただいま」

すぐあとから母さんが入ってきた。表情《ひょうじょう》がいつもより明るいし、ハミングなんかしている。そしてスーパーの袋《ふくろ》から、野菜や肉やたまごを取りだして、冷蔵庫《れいぞうこ》にしまっていく。その中に牛乳《ぎゅうにゅう》と、久《ひさ》しぶりのコーンフレークがあった。

「どうかしたの？　さっきからブスッとして」

母さんがけげんな顔をする。

「べつに」

「変な子」

母さんは、それっきりなにも言わなかった。

竜司はコーンフレークの箱を指さした。

「それ、食べていい？」

胸《むね》の中はもやもやしていたが、お腹《なか》がすいて目がまわりそうだった。竜司はどんぶりにたっぷりコーンフレークを入れ、その上から牛乳《ぎゅうにゅう》をかけた。

うまい！　砂糖《さとう》の甘《あま》さが胃袋《いぶくろ》にしみる。

竜司は考えることをやめて、ひたすら食べた。食べ終わると出かけることにした。このせまいアパートに、母さんといたくなかった。

「ごちそうさまは？」

母さんがめずらしいことを言う。なんだか小さい子をしつけるような言い方だ。竜司はむっとしたが、「ごちそうさま」と低い声で言った。なれないせりふに声がかすれた。

「どこへ行くの？」

スニーカーに足を入れたとたん、声をかけられた。

「公園」

「あんまり遅《おそ》くなるんじゃないよ」

「わかってる」

「今日はもう家にいるからね。お店を改装《かいそう》するんだって。だから仕事には行かないから」

竜司は返事もせず、ドアを開けて暗くなりかけた外に出ていった。

ふるさと公園のおじいさんは、今日は竈《かまど》ではなく座敷《ざしき》の囲炉裏《いろり》に火を入れていた。

「また、ずいぶん複雑《ふくざつ》な顔をしているな。いいことと悪いことの、両方があったみたいだな」

「そんなこと、わかるの？」

「わかるさ。長いこと教師《きょうし》をしていたんでね。朝の会のとき、その子を見れば、家でなにがあったのか、だいたい想像《そうぞう》がつく。親の夫婦《ふうふ》げんかを見てきたとか、出がけにしかられたとか」

そんなのウソだと竜司は思った。

でも、自分のことは当たっている気もする。竜司は、あやしいものでも見るように、おじいさんをうかがった。

おじいさんの顔は、炎《ほのお》でうす赤くそまっている。細く青い煙《けむり》がゆらめいて、古民家《こみんか》はいつも以上にいぶりくさい。

「あら、囲炉裏《いろり》だわ」

そのとき開けっぱなしの出入り口から、人がふたり、冷たい風といっしょに入ってきた。どちらも白髪《しらが》まじりの女の人で、見学者のようだ。

「この建物は、江戸《えど》時代の天保《てんぽう》十二年、今から約二百年前に建てられたもので、代々このあたりの庄屋《しょうや》をつとめていた家のものなんですよ」

おじいさんは、すらすらと説明をはじめた。

「りっぱな鯉《こい》ですね」

囲炉裏《いろり》の上には、天井《てんじょう》の梁《はり》から長い竹が下がっていて、とちゅうから金属《きんぞく》の棒《ぼう》になっている。先には物をつる鉤《かぎ》があって、すぐ上に黒光りする木彫《きぼ》りの鯉《こい》がついていた。

「これは鉤《かぎ》の上下を調節する部品で、形が鯉《こい》なのは水に関係あるものだからです。それに魚にはまぶたがないので、一晩《ひとばん》じゅう眠《ねむ》らないで見張《みは》ってくれるというわけです。火事にならない〝まじない〟でしょう」

さらにおじいさんは建物のつくりや、それらの名称《めいしょう》なども説明した。女の人たちはうなずいたり、ときおり質問《しつもん》をしたりする。

竜司は土間《どま》のすみで、じっとおじいさんの声に耳をかたむけていた。

外はもうすっかり暗くなっている。

女の人たちがいなくなると、おじいさんは竜司にむかって言った。

「どうだい、自由研究の方は？」

おじいさんは、前に竜司が話したことを覚えていたのだ。

「図書館から本を借りたよ。横穴古墳《よこあなこふん》にも行ったし」

「ほう。それで、なにかおもしろいことがわかったかな？」

おじいさんの目尻《めじり》にはしわがたくさんよって、口もとがほころんでいる。

「縄文《じょうもん》時代、この辺は海だったってことかな」

竜司はすぐに答えた。

おじいさんがうなずいたのを、竜司はしっかりと見た。先生をやっていたなら、そんなことは知っていたのかもしれない。それともはじめて聞いたことなのか、おじいさんの表情《ひょうじょう》からはよくわからなかった。


家に帰ると、母さんは食事のしたくをしていた。フライパンをせっせと動かしながら、いため物をしている。

そのあいだ竜司は、テーブルに『大地に刻《きざ》まれた歴史』の三巻《かん》を広げて、ページをめくった。タイトルの下に小さく赤い字で、弥生《やよい》時代と書かれている。二巻《かん》と同じで、とても読む気になれない。頭の上でパラパラめくっただけで、頭の中に内容《ないよう》が入っていけばいいのにと竜司は思う。

「ずいぶんむずかしそうな本じゃない。宿題なの？」

母さんが、本に目をとめた。

「違《ちが》う。班《はん》でやる自由研究」

「へえ、そうなの。でも、あんたそれ読めるの？」

竜司はみえをはって、「まあね」と答えた。

こんな会話は久《ひさ》しぶりだった。竜司が自分から学校や勉強の話をすることはほとんどない。美紀と悠人《ゆうと》は、よくしているみたいだ。どちらの母親も横穴古墳《よこあなこふん》に興味《きょうみ》があると言っていたから。

「ご飯できたから、その本をどけて」

「わかった」

竜司は部屋のすみにあるカラーボックスの上に本を置いた。教科書など、竜司の持ちものが、雑多《ざった》に押《お》しこまれている箱だ。

夕飯を食べ終わると、竜司は母さんを送ってきた男の人のことを思いだした。

「さっきの人はだれ？」

「え、なんのこと？」

「車の人」

「車？　ああ、あんた見ていたの？」

竜司はだまっている。母さんもなにも言わない。

洗《あら》い物《もの》を終えると、タオルで手をふきながら、母さんがため息をついた。それから、ぼんやりすわっている竜司に声をかけた。

「あんた、お父さんほしい？」

いきなり聞かれて、竜司はドキッとした。返事にこまった竜司は、ふいに立ちあがった。カラーボックスの上にある本を取ろうとしたのだ。

男の人を見たとき、まったく知らない人なのに、ひどくいやな感じがした。それはたしかだった。

「あの人は、あたしが働いている居酒屋《いざかや》の店長さんだよ。買い物が終わって帰ろうとしたら、ぐうぜん会って、それで乗せてもらったんだ」

ほんとうにそれだけのことなのだろうか。

「お店の改装《かいそう》工事で仕事が休みだったのよ」

その人もスーパーに買い物に来ていたので、それで送ってもらったのだと、母さんは言った。

竜司は左手で本をかかえたまま、右手をズボンのポケットにやった。なにかが入っている。指でさぐって出してみると、前におじいさんからもらった〝食事サービスのお知らせ〟だった。

10　やぶれた本

「ちょっと、まねしないでよね！」

とつぜん大声がした。

給食をたっぷりおかわりし、昼休みにうとうとしていた竜司《りゅうじ》は、びっくりして椅子《いす》から ころげ落ちそうになった。見ると、すぐ横で矢田と美紀がにらみあっている。眠気《ねむけ》がいっぺんに吹《ふ》きとんだ。

「まねとか言わないでほしいな。きちんと話しあいで決めたんだから」

「なんで変えるのよ！」

「べつに変えたっていいじゃないか。そんなの勝手だろ。同じものじゃダメだなんて決まりはないはずだよ」

矢田の言葉に、美紀は言いかえすことができずに、ただにらみつけている。その視線《しせん》にたえられなくなったのか、矢田はくるりと背《せ》をむけて行ってしまった。

美紀はすぐに、はなれた席にいた悠人《ゆうと》を呼《よ》んだ。

「なあに？」

悠人はのんびりやってきた。

「ちょっと聞いてよ。矢田の班、あたしたちとおんなじテーマで自由研究やるんだって」

美紀は、押《お》し殺《ころ》した声で説明する。

「こうなったら内容《ないよう》で勝負だわ。いいわね。あいつらにはぜったいに負けないから」

美紀は、矢田の方をキッとにらんだ。

横で話を聞いていた竜司も、腹《はら》が立っていた。ところが悠人は、ただ「へえ」と言っただけだった。

「へえ、じゃないわよ。真下《ました》、あんたはのん気ね」

「自由研究は競争じゃないと思うけど」

「そうだけど、まねされるのって、なんかくやしいじゃない」

矢田の班はたしか、この地域《ちいき》の特産品を調べることにしていたはずだ。市の北部は畑が多く、トマトやほうれん草を栽培《さいばい》している。果樹園《かじゅえん》もあって、梨《なし》やぶどうの栽培《さいばい》もさかんだ。海ではシラスがとれるし、ワカメの養殖《ようしょく》も行われている。それがいつの間にか、子森遺跡《こもりいせき》に変更《へんこう》になった。どうやら矢田が言いだしたらしい。

「あいつ、ぜったいにあたしらと勝負したいのよ！」

「山梨《やまなし》さん、考えすぎだよ」

放っておくと、矢田をけとばしにでも行きそうな美紀を、悠人はなんとかして落ちつかせようとした。

翌日《よくじつ》は天気がよかった。風もなく外遊びにはうってつけの日で、昼休みの教室には竜司しかいなかった。

いつものように窓《まど》のところに行って、葉がまばらになったふるさと公園のケヤキの木を、ぼんやりながめていた。

そのとき、ふと図書館の本が気になった。もう一度、ざっと読んでおきたくなった。

竜司は自分の席に行き、机《つくえ》の中から『大地に刻《きざ》まれた歴史』の二巻《かん》を取りだした。

借りた三冊《さつ》の本は、二週間の期限が来たのでいったん返却《へんきゃく》し、ふたたび竜司の貸出《かしだし》カードで借りてきた。それをまた三人でまわし読みしていた。

足音が聞こえて、だれかが教室に入ってきた。でも竜司は顔を上げなかった。目のはしで、ちらりとだれかをとらえた。そいつがだんだん近づいてくる。竜司はゆっくり呼《こ》吸《きゅう》をした。やがてそいつが、ぴたりととまった。つま先が青いゴムの室内履《しつないば》きに、〝矢田〟とマジックで書かれている。

「それちょっと見せて」

竜司は聞こえないふりをした。

「ねえ、聞いてる？」とふきげんな声がした。

竜司は返事をしなかった。すると矢田がむきになった。

「見せてくれって言ってるだろう」

竜司はだまって背《せ》をむけた。

「おい、貸《か》せよ！」

とうとう頭にきたらしく、矢田は大声を出しながら本に手をかけた。

竜司はとっさに二巻《かん》をかかえこんだ。

「貸《か》せって言ってるだろ！」

矢田はあきらめず、力まかせに引っぱる。

「やめろよ！」

竜司も立ちあがって、引きもどそうとする。

「よこせよ！」

矢田も手をはなさない。竜司は取られまいと必死になる。とうとうもみ合いになった。

「はなせってば！」

「いいから貸《か》せよ！」

そのときビリッといやな音がした。表紙がやぶれ、ページも何枚《なんまい》かちぎれた。遺跡《いせき》を掘《ほ》る写真の人物が、まっぷたつになっている。

「なにするんだよ！」

竜司はさけび声をあげた。矢田の顔が青くなった。

「素直《すなお》にわたさないからだろ……」

そうつぶやいた矢田は、決まり悪そうにちぎれた部分を差しだした。

竜司はそれを、引ったくった。一発なぐってやろうとかまえたとたん、矢田はあわてて逃《に》げだした。

竜司はへなへなと椅子《いす》にすわりこみ、やぶれた表紙とページを見つめた。頭の中はまっ白になり、心臓《しんぞう》はバクバク音をたてている。

しばらくしてわれに返った竜司は、ちぎれた部分をページのあいだにはさんで、急いで机《つくえ》の中につっこんだ。あらい呼吸《こきゅう》がおさまらず、指先は冷たいのに、顔はカッカとしている。

休み時間が終わるころ、なにも知らない悠人がやってきて、本を交換《こうかん》しようと言った。

「ごめん。もうちょっと読みたいんだ」

竜司は、目を合わさずにことわった。

「ずいぶん、熱心だね」

「そ、そういうわけじゃないけど」

竜司は顔をしかめた。

悠人はいやみで言ったわけではない。そんなやつではないことはよくわかっている。でもこのときばかりは、たのむから一刻《いっこく》も早く消えてくれと竜司は思った。

それよりもめんどうなのは美紀だ。このことを知られたら、なにを言われるか、なにをされるかわかったものでない。それに、図書館へはどうあやまったらいいのだろう。これって、あやまってすむことなのだろうか。

悠人は自分の席にもどっていった。竜司は頭の中が混乱《こんらん》して、どうしたらいいのかわからなかった。

放課後、これからどんなふうに自由研究を進めていくか、残って相談しようと美紀が言いだした。帰りのしたくをしていた竜司は青ざめた。

「おれ、ちょっと用がある」

そう言いながら、教科書や筆箱をランドセルに押《お》しこんだ。

「ふーん、山本にも用なんかあるんだ」

美紀がいやみな言い方をする。

さすがに竜司もむっとした。

「勝手に決めていいよ。どうせ、いつだってそうしているじゃないか」

「なによ、その言い方！　いつ、あたしが勝手に決めたのよ」

美紀の目が三角になる。悠人はだまってまばたきをくりかえしている。

「だってそうじゃないか」

そうでないときもたしかにあった。でも竜司には、今はあれこれ考える余裕《よゆう》がなかった。

やぶれた本を持ちだせないまま、竜司はランドセルをつかんで、逃《に》げるように教室から出た。美紀に腹《はら》が立ったのか、自分に腹《はら》を立てているのかわからなかった。


アパートに帰ると、母さんが台所のテーブルの上に顔をふせていた。なんだかようすがおかしい。

「寝《ね》ているの？」

竜司はそっと声をかけた。

「体がだるくてね」

わずかに頭を上げた母さんの顔が青白い。

風邪《かぜ》だろうか。それとも、昨日も夜遅《おそ》くまで働いていたので、疲《つか》れてしまったのだろうか。

だまって見ていると、母さんはまた顔をふせて動かなくなった。

「布団《ふとん》で寝《ね》たらいいのに」

つい、いらだった声になってしまった。

「そうするわよ」

すると母さんはのろのろと腰《こし》をあげ、となりの部屋に入った。そしてすみにたたんであった布団《ふとん》を広げると、ピシャッと戸を閉《し》めてしまった。

竜司はほっとした。急いでやらなければならないことがあるからだ。

台所のすみに行くと、スーパーのレジ袋《ぶくろ》の大きめのものをさがした。学校へ本を取りに行くつもりだ。

やぶれた本を、あのままにしておくわけにはいかない。だれにも知られないように、そっと持ちかえらなくてはいけない。そればかりが気になっていた。

教室にだれもいなくなる時間を見はからって、竜司は学校へむかった。

あたりを気にしながら、児童用玄関《じどうようげんかん》に入る。階段《かいだん》も廊下《ろうか》もなるべく音をたてないように静かに歩き、教室にたどり着くと、後ろのドアのすき間から、そっと中をのぞいた。

美紀と悠人がまだ残っていた。

ちっ、あいつら！

竜司はレジ袋《ぶくろ》をきつくにぎりしめた。このままでは無理だ。

しかたなく引きかえすことにした。ゆっくり階段《かいだん》をくだり、すれ違《ちが》ったちがう学年の先生から変な目で見られても、横をむいて通りすぎた。

靴《くつ》をはいて外に出たところで、後ろから大声で呼《よ》びとめられた。美紀だ。

「ちょっと山本、用があったんじゃないの！」

竜司はいちもくさんにかけだした。

11　野菜いため

竜司《りゅうじ》の足どりは重かった。あたりはすっかり暗くなっている。

アパートにもどると、部屋の中も暗かった。母さんはまだ寝《ね》ているようだ。

壁《かべ》にあるスイッチを押《お》すと、チカチカと点滅《てんめつ》して蛍光灯《けいこうとう》がついた。よごれた鍋《なべ》や皿が流し台にそのままだ。テーブルの上には、買った物が入ったままのレジ袋《ぶくろ》や、安売りのチラシなどが散らばっている。

「腹《はら》へったなー」

わざと声に出してみたが、となりの部屋から返事はない。

ほんとうは、それほどお腹《なか》がすいているわけではない。それより、胸《むね》のあたりがどうにも苦しくて、息がつまりそうだ。

竜司はファンヒーターをつけた。

カラカラカラと軽い音がして、ボッと火がつく。吹《ふ》き出し口から温風が出て、部屋はすぐにあたたかくなった。でも心の中は寒々としている。

だから図書館はいやなんだ。関わるとろくなことがない。

竜司はストーブの前で、ひざをかかえてうずくまった。

どのくらいそうしていたのだろう。引き戸が開いて、となりの部屋から母さんが出てきた。顔色が悪く、まだつらそうだ。

「ごめん。今からしたくをするから」

母さんはこめかみを押《お》さえたまま、椅子《いす》の背《せ》にかけてあったエプロンに手をのばした。

「おれがやるよ」

竜司は思わず言ってしまったが、すぐに後悔《こうかい》した。料理なんてやったことがない。

「あんたが料理をするの？」

信じられないというふうに、母さんが目を丸くする。

「家庭科で調理実習をやったんだ。野菜いためだけど」

「じゃあ、たのもうかな。これからのためにもなるしね。材料ならなんとかありそうだし」

竜司を見る母さんは、めずらしいものでも前にしているような顔つきだ。

「少しは成長してるんだ」

言い方が気に入らなかったが、竜司はだまって流し台で手を洗《あら》った。こうなったらやけくそだ。

「じゃあ、たのむね」

「まかしとけって」

そうは言ったものの自信はなかった。

母さんはまたのろのろと部屋にもどり、戸も閉《し》めずに、あっという間に布団《ふとん》にもぐってしまった。

竜司は、部屋のすみにあるカラーボックスのところへ行った。いろいろ雑多《ざった》に押《お》しこんである中から、家庭科の教科書を引っぱりだした。

手に取って、ぱらぱらめくる。

見出しには「生活を見つめ、できることをふやしていこう」と書いてある。メニューの一覧表《いちらんひょう》の中から野菜いためのページをひらき、上からおさえつけて本が閉《と》じてしまわないようにした。

冷蔵庫《れいぞうこ》の野菜室に、使って小さくなった白っぽいキャベツ、タマネギが半分、それとニンジンがあった。教科書では、ピーマンが材料のひとつになっていたが、冷蔵庫《れいぞうこ》にはなかった。ちょうどいいと竜司は思った。ピーマンは好きじゃない。奥《おく》の方には、消費《しょうひ》期限《きげん》ぎりぎりの豚肉《ぶたにく》の薄切《うすぎ》りがあったので、それを使うことにした。

まな板と包丁をさがし、キャベツを切っていると、炊飯器《すいはんき》のスイッチがパチンと切れた。ご飯がたけた。母さんがタイマーをセットしておいたのだ。

いつも人まかせの竜司は、調理実習の時間、ただ見ていただけで手は出さなかった。だから手順など、まるで頭に入っていない。教科書を見ては野菜を切り、またのぞいては調味料を用意し、いちいち確認《かくにん》しないと先に進まない。

それでも野菜に火が通りはじめ、ジャージャーと音がしてくると、しだいにおいしそうなにおいがたちこめてきた。竜司は塩とコショウをふった。たしか仕上げに入れると書いてあったはずだ。

「できた！」

キャベツが少し焦《こ》げたが、なかなかのできだった。やればできるじゃないか。得意になりかけたところで、竜司はチッと舌打《したう》ちをした。皿を用意しておくのを忘《わす》れた。フライパンを置き、食器棚《しょっきだな》を開け、いつも使っている皿を見つけた。なんとか野菜いためを盛《も》りつけると、すぐに母さんに声をかけた。

「できたよー」

布団《ふとん》から出てきた母さんは、さっきよりはましな顔をしていた。だまってテーブルに目をやると、そのまま冷蔵庫《れいぞうこ》のところに行き、サツマアゲを取りだした、食べやすい大きさに切ってテーブルに運んだ。おかずがさびしいと思ったのだろう。

「なかなかやるじゃない」

これが母さんの感想だった。

「こんなのちょろいもんさ」

「あら、言うじゃないの」

母さんは調味料が置いてあるワゴンに目をやりながら、ふふっと鼻で笑った。

そこには、教科書がひらきっぱなしで置いてあった。

しばらくだまって食べていたが、竜司はふと母さんの視線《しせん》を感じた。

「なんだよ」

「あんた、学校でなんかあった？」

竜司は答えなかった。母さんもそれ以上は聞かなかった。

やぶれた本のことがうかんできたが、無理やり頭からふりはらった。竜司はせっせと箸《はし》を動かした。それでも、いやな気持ちがのどまでせりあがってきた。いっしょにのみこんでしまいたくて、むきになって野菜いためを頬《ほお》ばった。

まったく！　よけいなことを思いださせるんだから。

竜司は腹《はら》が立ってきたが、なにも言えなかった。

食事が終わるころ、また母さんが口をひらいた。

「あんたね。ポケットに物を入れっぱなしにするんじゃないよ。もう少しで洗濯《せんたく》するところだった」

「なにを？」

「無料でごはんを食べさせてくれるところがあるんだってね」

竜司はドキッとした。ふるさと公園のおじいさんにもらったプリントのことだ。

湯飲みを手にしたまま、母さんは静かに言った。それは意外な言葉だった。

「今度、そこへ行ってみようか」

「え?」

竜司は、耳を疑《うたが》った。てっきり怒《おこ》られると思っていた。

「そんなところの世話になるんじゃないよ」とか、「ばかにしてる」などと言うんじゃないかと思ったのだ。これまでの母さんなら、ぜったいにそういう反応《はんのう》をしたから。

竜司は、母さんをちらりと見た。

「なによ。あたしが怒《おこ》るとでも思っていたの?」

返事をする代わりに、竜司はまばたきをしてごまかした。

「みえをはってばかりもいられないんだよ。生きのびるためにはさ。なんでも利用しなくちゃね」

母さんは弱々しい笑みをうかべた。

「店のお客さんが話していたんだ。そういうサービスがあるって。この町にもあるなんて知らなかったけど」

そしてため息をついた。

「とうぶん、ふたりで頑張《がんば》るしかないんだから」

それは、自分に言い聞かせているようだった。

再婚《さいこん》。これまでもそんな気配《けはい》が何度かあった。この前の、母さんを送ってきた車の男の人もそうなんじゃないかと竜司はかんぐっていた。でも、どうやら違《ちが》うみたいだ。

「ところであんた、このごろ元気がないね。どこか悪いんじゃない？」

母さんが心配そうな顔をむける。

「べつに。どこも悪くないよ」

「それならいいけどね」

いろんな考えが頭をめぐって、竜司はぼんやりしていた。だから母さんがなにか言ったのに、聞きそびれてしまった。

「え、今なんか言った？」

「だから、おいしかった。ありがとうって」

怒《おこ》ったような、ぶっきらぼうな言い方だったが、思いがけない言葉だった。
竜司は、母さんの細い背中《せなか》を見つめた。

12　希望の光

　このままではいけないと、竜司《りゅうじ》はあせっていた。やぶれてしまった本を、なんとかしなくてはいけない。でも、いったいどうすればいいのだろう。

　竜司は頭をかかえていた。

「もうすぐ冬休みになるから、今日こそ集まってよね！」

　授業《じゅぎょう》が終わると、美紀がまた竜司と悠人《ゆうと》に自由研究の相談をもちかけてきた。

「いいよ。やろう」

　悠人はすぐに賛成《さんせい》した。

　なんとかしてこの場から逃《に》げだしたい竜司は、必死にいいわけを考えた。それを見すかすように美紀が言った。

「どういうふうにまとめるか、そろそろ決めていかないとまずいのよ！」

みんなが次々と教室をあとにする。そのざわめきの中で、美紀はいちだんと声を張《は》りあげる。

「おれ、ちょっと……」

竜司が言いかけると、とたんに美紀の目がつりあがった。

「いいかげんにしなさいよ！」

金縛《かなしば》りにでもあったように、竜司は動けなくなった。悠人もつられて、背《せ》すじをぴんとのばした。

美紀は竜司から目をはなさずに、自分の机《つくえ》の中から図書館から借りている本とメモ帳を引っぱりだした。

「それぞれが持っている本を、今すぐ持ってくるの！」

「はい！」と言って、あわてて悠人がかけだす。

教室には三人のほかには、もうだれも残っていない。空気が急に冷えこんで、夕暮《ゆうぐ》れの気配《けはい》がする。

ついに竜司はあきらめた。机《つくえ》の中からやぶれた本を取りだすと、美紀の目の前に置いた。

　ふたりが、同時に息をのんだ。

「どーしたの、それ?」

　美紀が本をじっと見つめている。

「またハデにやっちゃったね」

　悠人は小声で言った。

「貸《か》してくれって言われてさ。無視《むし》していたら、無理やり取ろうとしたんだ」

「だれが?」と美紀が聞く。

　だまっていると、「矢田でしょ」と言った。

　竜司は小さくうなずく。

「あいつ!」

　美紀がこぶしをにぎる。その手がわなわなとふるえる。

　竜司はあわてて言った。

「すぐにわたせば、こんなことにならなかったんだ。悪いのは、たぶん、おれだ」

声がだんだん小さくなる。

「きっと山本は悪くないよ。矢田って、いつだって強引《ごういん》なんだから」

竜司は体の力がぬけていくような気がした。てっきり美紀には、頭ごなしにどなられると覚悟《かくご》していたからだ。

「でも、こまったわね」

「うん」竜司はしゅんとして、うつむいた。

すると悠人が、落ちつきはらって言った。

「あのさ、たぶん同じ本を買って弁償《べんしょう》すればいいんだと思うよ」

「え、そうなの？」

竜司はおどろいて悠人を見た。

「ぼくね、小さいころに、借りた絵本なくしちゃったことがあるんだ。そのとき、親が同じ絵本を買って図書館に持っていったんだよ。ずいぶんあとになって、その本は出てきたけどね」

「それ、ほんとうか？」

「うん。だから、この本と同じものを買えばいいんだ」

「そうか！」

「でも、どこで売っているのかなあ。とりあえずネットで調べてみるよ」

「いいよ。自分でやる」

思わず言ってしまって、竜司は少し後悔《こうかい》した。売っているところを、うまく見つけることができるだろうか。そして無事に買うことができるのだろうか。

でも、これは自分の責任《せきにん》でなんとかしたかった。そうしなくちゃいけないと、竜司は思った。悠人にネットで調べてもらえば、すむのかもしれない。だけど、それではいけない気がした。

悠人のおかげで、買って返すという方法があることがわかった。心あたりならある。自信はないけど、それに賭《か》けてみようと竜司は思った。


その日、竜司はふるさと公園のおじいさんのところへ行った。

あいにく古民家《こみんか》には、見学者がいた。おじいさんより少し若《わか》そうな男の人だ。古い建物にすごく興味《きょうみ》があるらしい。おじいさんがひとつ説明すると、いちいち質問《しつもん》するので、話はなかなか終わりそうにない。

竜司は土間《どま》の入り口で、しんぼう強く待った。

ようやく男の人が建物から出ていくと、竜司はおじいさんのところへ飛んでいった。

ところが、いざ、おじいさんを前にすると、なかなか言葉が出てこない。

竜司の顔を見ながら、おじいさんは言った。

「今日は、えらく深刻《しんこく》な顔をしているな。なにかこまったことでもあったのか？」

竜司は深呼吸《しんこきゅう》をした。

「あのさ、『大地に刻《きざ》まれた歴史』っていう本知ってる？」

おじいさんの目がきらりと光った。

「ああ、知っているよ。あの本の中の発掘調査《はっくつちょうさ》には、いくつか関わったからな。楽しかったなあ」

おじいさんはなつかしそうな声をあげた。

「で、あの本がどうした？」

竜司の頬《ほお》が熱くなった。

もしかしたら知っているかもしれないとは思っていた。でも、まさかおじいさんが発《はっ》掘《くつ》に関わったなんて、そこまでは予想していなかった。

「本、やぶいてしまったんだ」

「図書館から借りたのをか？」

「うん」と竜司はうなずく。

「ひどくか？」

おじいさんは、竜司の目をのぞいた。

竜司は力なくうなずいた。

「だから弁償《べんしょう》したいんだ。あれ、本屋に売ってるの？」

「書店には置いていないな」

竜司は、がっくりと肩《かた》を落とした。ところが、おじいさんは、とつぜん愉快《ゆかい》そうにカラカラと笑った。

「でも売っているところは知っているさ」

「え、ほんと？」

竜司は、思わず身を乗りだした。

「ああ」

「どこなの？」

「文書館《もんじょかん》というところだ」

もんじょかん？　竜司は首をかしげる。

「中央郵便局《ゆうびんきょく》を知っているかな？」

竜司はうなずいた。

「その手前のビルだ。古い記録や文書を集めて保存《ほぞん》してあるところなんだが、そこで売っている。値段《ねだん》はたしか千円だ」

竜司は、ひとすじの光が自分にさしこんだような気がした。千円くらいならあるかもしれない。コンビニで弁当《べんとう》を買ったときのおつりを、こっそり貯めているのだ。

おじいさんの言葉が終わらないうちに、竜司はかけだした。

「おーい。あそこは、ここと違《ちが》って土日が休みだからな！　それから五時で閉《し》まるぞ！」

背中《せなか》でおじいさんの声がしたが、竜司はふりむかなかった。そのままアパートにむかって、風のように走った。

アパートの階段《かいだん》をかけあがり、鍵《かぎ》を開けるのももどかしく、大急ぎで竜司は部屋の中に飛びこんだ。

カラーボックスの奥《おく》をひっかきまわし、貯金箱をさがす。味付け海苔《のり》が入っていた小さな缶《かん》を見つけ、プラスチックのフタをあける。百円玉が九枚《まい》、あとは、半端《はんぱ》な十七円があった。

足りない！　竜司はがっかりした。

母さんがいつも使っている目ざまし時計が、五時十五分前をさしている。借りている本の返却期限《へんきゃくきげん》が明日にせまっている。今日じゅうになんとかしなくちゃならない。

そのとき竜司は、ふとズボンの後ろのポケットに手を入れた。昨日コンビニ弁当《べんとう》を買ったときのおつり、百円玉が一枚《まい》と二円が入っていた。

竜司はアパートを飛びだした。

外はもう、すっかり陽が落ちている。

竜司は走った。手にした缶《かん》がカランカランと音をたてる。図書館へ行くときにわたるのよりひとつ北にある橋を通り、赤信号で足《あし》ぶみをし、青になるとまたかけだす。駅に近くなるにつれて、車の行《い》き来《き》が激《はげ》しくなる。

文書館《もんじょかん》は、大通りのビルの一階《かい》にあった。ちょうど、男の職員《しょくいん》が窓《まど》のブラインドを下げているところだった。

「すいません！」

竜司は、閉館《へいかん》ぎりぎりで建物に飛びこんだ。

見わたすと、図書館よりかなり規模《きぼ》は小さかったが、そこにも本はたくさんあった。三つの壁《かべ》は、すきまなく本が詰《つ》まった書棚《しょだな》でうまっている。どれも手に取る気になれないほど地味な背表紙《せびょうし》で、おまけにむずかしそうな本ばかりだ。調べ物をするためのものだろう。広い机《つくえ》が三つも置かれている。

「あの……、『大地に刻《きざ》まれた歴史』の……、二巻《かん》、ありますか？」

肩《かた》で息をしながら、竜司はとぎれとぎれにたずねた。

職員《しょくいん》はおどろいた顔をしたが、すぐにカウンターの後ろの部屋に消えた。そして、二

予備校
SHOP

巻《かん》を手にしてもどってきた。

消費税《しょうひぜい》はとられなかった。竜司はほっとした。走ってくるあいだじゅう、ずっとびくびくしていた。消費税《しょうひぜい》がかかると、缶《かん》の中身では足りなくなるからだ。

これで、心にのしかかっていた重しがひとつなくなった。

竜司は深く息をついた。あとは図書館だ。

13 弁償《べんしょう》

次の日。学校が終わってアパートに帰った竜司《りゅうじ》は、すぐに出かけるつもりだった。そこへちょうど母さんが、「寒い、寒い」と背中《せなか》を丸めて帰ってきた。

「ちょっと、この寒さの中どこへ行くの？」

入《い》れちがいに靴《くつ》をはこうとしていた竜司は、短く答えた。

「図書館」

「あんまり遅《おそ》くなるんじゃないよ」

「わかってる。五時で閉《し》まるんだから、そんなに遅《おそ》くはならないって」

竜司は、トートバッグをかついでアパートを出た。じょうぶな布製《ぬのせい》のトートバッグは、図書館の本を入れるためにと、美紀が貸《か》してくれたものだ。アルファベットといっしょに、まっ赤なハートのマークがついている。人に見られないように、竜司はマークのある方を内側にむけた。

橋をわたり、駐輪場《ちゅうりんじょう》を通って図書館の正面にまわる。自動ドアが開くと、もわっとした本のにおいが押《お》しよせてきた。本棚《ほんだな》のあいだをぬけて、郷土資料室《きょうどしりょうしつ》へとむかう。

カウンターには、いつものメガネの女の人がいた。竜司はゆっくりと近づいて行った。

カウンターの前に立つと、トートバッグから本を出した。心臓《しんぞう》がばくばく音をたてている。口の中がかわいて、のどがはりついたようになっている。

一番上に置いた本を見て、女の人の目がメガネの奥《おく》で大きくなった。

「あの……、ごめんなさい。あ、でも弁償《べんしょう》します。新しいのを持ってきました」

あせって声がかすれた。

文書館《もんじょかん》で買った二巻《かん》を、下から引っぱりだして、一番上に置きなおした。すると、女の人の頬《ほお》がふわっとゆるんだ。

「わざわざ買ってきてくれたのね。ありがとう」

ありがとうだって？　竜司は拍子《ひょうし》ぬけしてしまった。

大人にはいつもしかられてばかりだ。悪くないのに怒《おこ》られたこともある。たいていは竜司に原因《げんいん》がある。まして今回はそうとうな覚悟《かくご》をしていた。それなのに、女の人はありがとうと言ったのだ。おまけに本をやぶいてしまったわけも聞かないでいてくれた。

「新しいのをいただくわね。こっちのは除籍《じょせき》して、あなたにあげましょう」

じょせき？　なんのことだろう。

「手続きをして、図書館の本ではないようにするの。それからやぶれた方は修理《しゅうり》するから、ちょっと待っててね」

ぽかんとしている竜司に、女の人がゆっくりと説明してくれた。

竜司はうなずいた。

そういうことか。

待っているあいだ、竜司は館内をぶらつくことにした。気がつくと、心が軽くなっていた。するとふしぎなことに、この図書館がぜん楽しいところに思えてきた。

竜司は、あらためて館内を見わたした。ほんとうにあきれるほど、たくさんの本がある。そのほとんどが、自由に、しかも無料で借りることができるのだ。これはすごいことだ。

「ひとり十冊《さつ》まで、二週間借りられます」

カードを作ってもらったときに言われたことを、竜司は思いだした。

棚《たな》と棚《たな》のあいだを、ゆっくり歩く。哲学《てつがく》、歴史、地理、科学。ありとあらゆる分野の本が、きちんとならんでいる。産業、芸術《げいじゅつ》、文学。移動《いどう》するたびに、いろいろな本が「さあどうだ、読んでみないか？」と誘《さそ》ってくる。

料理本のコーナーがあった。図書館のおすすめの本らしく、表紙をむけてスタンドに立てかけてある。

タイトルを小さな声で読んでみる。

『簡単《かんたん》、おいしい、スピードレシピ』

『基本《きほん》のおかず』

『冷蔵庫《れいぞうこ》のあまりものでつくる料理集』

『出汁《だし》の取り方』

『子どものよろこぶおやつ』

目についた一冊《さつ》を手に取って、ページをめくってみる。どれもこれも、食べてみたくなるような写真ばかりだ。別の本を引きぬく。思わずよだれが出そうになる。いつの間にか竜司は、料理の本を何冊《なんさつ》もかかえていた。

本棚《ほんだな》の横に、一脚《きゃく》ずつ椅子《いす》が置かれている。竜司は、あいている椅子《いす》にすわってあたりを見まわした。

ゆっくり本を選ぶ人、お目あての棚《たな》にまっしぐらにむかう人、返された本をワゴンに乗せ、次々と棚《たな》にもどしていく職員《しょくいん》。いろいろな人が行きかう。館内はあたたかく、静かでここちよい。

「はい、お待たせ」

さっきの女の人が、修理《しゅうり》した本を持ってきてくれた。透明《とうめい》なシートでぴっちりとおおわれて、ページもきれいになっていた。

「手続きをするから、カウンターに来てくれる？」

「はい」

竜司はうなずくと、女の人のあとについて郷土資料室《きょうどしりょうしつ》へもどった。そこで、思いがけない言葉を聞かされた。

「この三冊《さつ》の本、悪いけどリクエストが入ってしまったの。今日はもう借りていけないけど、いいかしら？」

まずい。必ずもう一度借りてくるようにと、美紀と悠人《ゆうと》に言われたのに。この本にリクエストを出すやつなんて矢田に違《ちが》いない。

竜司はピンときた。しかし腹《はら》を立てている場合ではない。決まりなのだからしかたがないが、どうしたらいいのだろう。

ぐずぐずしていると、女の人が、一冊《さつ》のぶ厚《あつ》い本を取りだした。

「この本は、そっちのシリーズを一冊《さつ》にまとめたような内容《ないよう》なの。代わりにどうかしら。写真も多くて読みやすいわよ」

読みやすいのはありがたい。竜司は「はい」と返事をした。

女の人が出してくれたものは、今まで借りていた三冊《さつ》よりひとまわり小さかったが、厚《あつ》みがあり、表紙も固くしっかりしていた。『図説《ずせつ》ふるさとの歴史』というタイトルで、新しく出された本のようだった。

「借りていきます。あの、それからこれも」

なんとなくはずかしかったが、竜司は料理の本をカウンターに置いた。顔が赤くなった。女の人は特に表情《ひょうじょう》を変えることもなく、『図説《ずせつ》ふるさとの歴史』についているバーコードに読み取り機をあて、次に料理の本にもかざした。

「今度は気をつけてね」

最後にそう言われたので、竜司はかえってほっとした。そのくらい言われて当然だ。

「はい、気をつけます」

竜司は素直《すなお》に返事をした。

「調べ学習をしているのよね。知りたいことがあればいつでも相談してね。いい資料《しりょう》を見つけるお手伝いをさせてちょうだいね」

そう言って女の人は、にっこりほほえんだ。

竜司はうなずくことはできたが、言葉を返すことはできなかった。

トートバッグの赤いハートマークを見られないように気をつけながら本をしまい、竜司は郷土資料室《きょうどしりょうしつ》をあとにした。体が軽くなった気がした。自然と笑みがこぼれる。うっかりすると、スキップなんかしてしまいそうだ。

ゲートを通りぬけ、出入り口にさしかかったとき、自動ドアが開いて美紀と悠人がころがるように飛びこんできた。

「どう、怒《おこ》られた？」

そう言う美紀は、息があらい。悠人も走ってきたらしく、肩《かた》で大きく息をしている。

「だいじょうぶだったよ」

竜司はにっこり笑ってみせた。

三人は、そろって外へ出た。冷たい風が正面から吹《ふ》きつける。

ジャンパーのチャックを上まであげながら、竜司はあの三冊《さつ》を借りることができなかったとふたりに告げた。

「リクエストが入ったんだって。そうなると、続けて借りることができないんだ」

「きっと矢田だわ」

「やっぱ、そう思う？」

「あれをまとめて借りるなんて、ほかにだれがいるのよ！」

目がつりあがって、美紀はキツネのような顔になっている。

「あのさ。どうして矢田くんはぼくたち……っていうか、山梨《やまなし》さんにいつも口を出すのかな？」

竜司も前から知りたいと思っていたことだ。それを悠人が、あっさりたずねた。

建物のかげで風をよけながら、竜司と悠人は美紀の話を聞いた。

「ほんとのところは、よくわからないけど……」

そう前おきして、美紀は話をはじめた。

「転校してきてすぐのとき、算数のテストがあったんだけど、あたし、矢田よりいい点とっちゃったの。どうもそれが気に入らなかったみたい。ほら、矢田って、なんでも一番じゃないと気がすまないタチじゃない」

そのときから、なんだかんだとつっかかってくるらしい。

「うるさいったらありゃしない。もういいかげんうんざり」

美紀は、ひたいと鼻のあいだに、ぎゅっとシワをよせた。

「それって、嫌《きら》いの反対なんじゃないのかな」

悠人が変な言いまわしをする。

「なにそれ？　どういうこと？」

「だからさ、山梨さんのこと好きだってこと」

「げっ、じょうだん言わないで！」

バシッと音がして、悠人が前につんのめった。美紀に力いっぱいたたかれたのだ。

竜司もなんとなくそう思っていた。ほんとうは笑いたかったが、竜司はわざとまじめな顔をして必死にこらえた。

「矢田もそうだけど、うちのマンションに住んでいる子は、中学受験する子が多いの。だから、おたがいに変なライバル意識《いしき》があるのよ」

なんだか美紀は、むきになっている。

「ねえ、ねえ。話は違《ちが》うけど、冬休みに一回ぐらい集まらない？」

美紀が急に話題を変えた。これ以上矢田の話はしたくなかったのだろう。

「そうだね」

悠人が答え、竜司もうなずいた。そしてなにげなく言った。

「ふるさと公園の古い家にいるおじいさんはさ、子森《こもり》遺跡《いせき》の発掘《はっくつ》をしたらしいよ」

「古民家《こみんか》の管理をしている人？」

悠人はおじいさんを知っていたようだ。

「あそこに行ったことあるのか？」

「うん、二、三回あるよ」

「じゃあ、その人の話を聞きに行きましょうよ」

美紀の提案《ていあん》に竜司はうれしくなった。いつか、おじいさんの話をじっくり聞きたいと思っていたからだ。

14 おじいさんの話

その日、おじいさんはふるさと公園の古民家《こみんか》にいなかった。

「あれ、いつもはいるんだけどな」

がらんとした建物をのぞいて、竜司《りゅうじ》はつぶやいた。

「おかしいなあ。こんなことはじめてだ」

「今までの山本が、たまたま運がよかっただけなんじゃない？」

美紀の言うとおりかもしれなかった。勇んでやってきた竜司はがっくりした。

「こうなったら毎日でも来ようよ。どうせ近いんだし」

悠人《ゆうと》の言葉で、三人は古民家《こみんか》に毎日通うことにした。

三日目の放課後、ようやくおじいさんに会えた。

「なんだ、そいつは無駄足《むだあし》をふませたな。悪かったな」

言葉のわりに、おじいさんはちっともすまなそうな顔をしていない。

「いいんです。こっちが勝手におしかけて来ているんですから」

そう言う美紀に、おじいさんは「ほほう」と、めずらしい生き物でも見るように目を細めた。

「発掘調査《はっくつちょうさ》というのは、工事などで地面を掘《ほ》りおこしたときに、なにかが出てきてはじめて行われることが多いのだよ」

薪《まき》をくべながら、おじいさんが静かに語りだした。

三人は、囲炉裏《いろり》をかこんで耳をかたむける。木彫《きぼ》りの魚の下には鉄瓶《てつびん》がかかっていて、湯気がぼんやり立っている。きっと昔は、こんなふうに囲炉裏《いろり》をかこんでお年寄《としよ》りの話を聞いたのかもしれない。

おじいさんの楽しげなようすに、竜司は胸《むね》をなでおろした。

「子森遺跡《こもりいせき》って、どの辺のことをさすのですか？」

美紀が聞く。となりでは、悠人がメモ帳をひらいている。

「このあたり一帯の遺跡《いせき》のことをさすんだよ。特定の時代とかではないんだ。同じ地点から、時代の違《ちが》う埋蔵物《まいぞうぶつ》が出てきたりするからね」

「同じ場所から、違《ちが》う時代のものが出るんですか？」

「そうさ。それぞれの地層《ちそう》から、それぞれの時代のものが出てくるんだ。地層《ちそう》は、下から古い順に積み重なっているんだよ」

おじいさんはゴホンとひとつ咳《せき》ばらいをした。

「二十年ほど前、工場で新しい施設《しせつ》を建てることになってね。道路のむこう側にあるあの工場だ」

おじいさんは、工場のある方角に顔をむけた。

「造成《ぞうせい》工事でブルドーザーが入ったとき、奈良《なら》、平安期の甕《かめ》や銅銭《どうせん》が出てきたんだ。そこで工事はいったん中断《ちゅうだん》されて、さっそく発掘調査《はっくつちょうさ》が開始された。市の職員《しょくいん》や研究者がやってきて、発掘《はっくつ》の手伝いをするボランティアの募集《ぼしゅう》もはじまった。それで自分も参加したってわけだ」

「工事とか、やっぱりそういうのがきっかけなんですね」

悠人の目がきらきらしている。

「そうなのさ。あのときは調査《ちょうさ》をはじめると、下の地層《ちそう》から古墳《こふん》時代の土器《どき》が見つかった。そこより少し南の地点では鏡も見つかっているんだよ」

「鏡ですか？」

美紀が目を大きくする。

「変形四獣鏡《へんけいしじゅうきょう》というものだ。さらに掘《ほ》っていくと、今度は弥生《やよい》時代の丸みをおびた土器《どき》が出た。さらに下の地層《ちそう》に縄文《じょうもん》時代の土器《どき》もあった。そばには貝塚《かいづか》もあったんだ。そこからは人骨《じんこつ》や、作りかけの道具類なんかも出てきた。だから貝塚《かいづか》はただのごみ捨《す》て場ではないと言われている」

「つまり、同じ場所にずっと人が住んでいるってことですね！」

悠人がぐっと身を乗りだす。もう少しで囲炉裏《いろり》に落ちそうになって、となりにいた美紀にセーターの後ろをつかまれた。

「そのとおりだ。子森遺跡《こもりいせき》ではないが、十キロほどはなれた市の北部の遺跡《いせき》からは、勾玉《まがたま》が出た。ここより少し北の方では、黒曜石《こくようせき》の矢尻《やじり》も出ている。このあたり一帯は、大昔からよほど住みやすい土地だったらしいな」

「黒曜石《こくようせき》の矢尻《やじり》って、石器《せっき》時代ですよね」

悠人の声はうわずっている。

竜司には、なんで悠人がそこまで興奮《こうふん》するのかよくわからない。でも大昔からここら辺には人が住んでいたということは理解《りかい》できた。

おじいさんの話を聞いて、本ではよくわからなかった子森遺跡《こもりいせき》の全体が、竜司にもぼんやりとわかってきた。

美紀がどんどん質問《しつもん》し、悠人はせっせとメモをとる。竜司はだまって聞いていた。

最後に美紀は、持ってきた土器《どき》のかけらをおじいさんに見せた。

「ほう、縄文土器《じょうもんどき》だな」

「やっぱり」

悠人はうれしそうだ。

「あたしのおじいさんが子どものころ、この公園の東側で見つけたんです。公園ができるずっと前に」

「昔は田んぼをたがやしているときなどに、よく土器《どき》が出てきたらしいよ。畦道《あぜみち》にころがっていても、だれも見むきもしなかったそうだ」

「えー、ほんとですか！」

悠人は信じられないという顔をした。

おじいさんは、鉄瓶《てつびん》のお湯でお茶をいれてくれた。

「わからないことがあったら、いつでもおいで」

おじいさんの言葉に送られて、竜司たちは建物の外に出た。ふるさと公園や木立のむこうに見える学校が、なんだか今までとは違《ちが》って見えた。

「話おもしろかったわね」

「ほんと、同じ場所に大昔からずっと人が住んでいるって、すごいことだよね」

前を歩く美紀と悠人が、笑顔で話をしている。

「ね、そう思うよね？」

いきなり悠人がふりかえったので、あわてて竜司はうなずいた。

何千年、何万年も前から人が住んでいて、今は自分たちが住んでいる。竜司のアパートは発掘《はっくつ》のあった工場のすぐ北側だ。それならアパートの地面だって、掘《ほ》っていけばなにか出てくるかもしれない。さすがに人骨《じんこつ》はいやだけど、土器《どき》や勾玉《まがたま》なんか出てきたらどうだろう。きっとぞくぞくするに違《ちが》いない。

「さあ、あとはどんなふうにまとめるかだわ」

「ふつうのやり方ではおもしろくないよね」

「そうそう、なんかこう、インパクトのある発表のしかたを考えなくちゃ」

「インパクト？」

竜司は小首をかしげた。

「みんながびっくりするような印象的《いんしょうてき》なやり方をするのよ」

「うーん、どんなふうにするのがいいかなあ」と、悠人がうなった。

「あ、そうだ。こういうのはどう？」

美紀があるアイディアを出した。

「いいね、それ！」

悠人はすぐに賛成《さんせい》した。

でも、それは竜司にとっては少々気が重かった。人前でそんなことをするなんて、いくらなんでもはずかしすぎる。

「冬休みに練習するわよ！」

「了解《りょうかい》！」

ふたりは大いに盛《も》りあがっている。しかたがない。竜司も覚悟《かくご》を決めた。そして心の中で「よし！」と気合いを入れた。


翌朝、竜司は物音で目がさめた。

その直前まで、竜司は夢を見ていた。ふるさと公園のおじいさんといっしょに遺跡《いせき》を発掘《はっくつ》する、ずいぶんはっきりとした夢《ゆめ》だった。

赤茶けた土にシャベルをつきたてると、先の方がカツンと固いものに当たった。

「ここになんかあるみたい！」

竜司はさけんだ。おじいさんが、あわてて飛んできた。

「いいか。ゆっくり、ていねいに掘《ほ》るんだぞ」

竜司は胸《むね》がときめいた。あせる気持ちをおさえて、慎重《しんちょう》にシャベルを動かした。白いものがちらりと見えたので、シャベルを置いて、手でまわりの土をはらいのけることにした。

出てきたものは瀬戸物《せともの》のかけらで、竜司はため息をついた。いくら掘《ほ》っても、出てくるものといったら、茶碗《ちゃわん》や湯飲みのかけらで、それも家にあるような安物ばかりだった。

「どうして、こんなものが出てくるんだ」

おじいさんはぶつぶつ言いながら、かけらを放り投げた。かけらの山が、ガチャンと大きな音をたてた。

そこで目がさめた。

ガチャン！

たしかに音が聞こえてくる。押《お》し入《い》れの上の段《だん》に、布団《ふとん》を敷《し》いている竜司は、ゆっくり体を起こした。

「なにしてるの？」

台所にいるはずの母さんに声をかける。返事はない。竜司は押《お》し入《い》れから畳《たたみ》におりた。

母さんの布団《ふとん》は半分にたたまれている。部屋をしきる引き戸のむこうで、皿や茶碗《ちゃわん》のぶつかる音がしている。竜司はハッとした。

「またかよ！」

あわてて引き戸を開ける。思ったとおりだ。台所には、いつもは押《お》し入《い》れの下の段《だん》に重ねてつっこまれているダンボール箱が積まれ、しわくちゃになった新聞紙が散らばっている。食器棚《しょっきだな》の戸は開けっぱなしで、中の食器がすっかりテーブルに出されている。

「あんたも自分の荷物をまとめな」

母さんは床《ゆか》にすわりこみ、なにかに取りつかれたように食器を新聞紙で包んでいく。

「今度はどこだよ？」

「とりあえず、支援《しえん》センター。この前のとこじゃないけど」

竜司は唇《くちびる》をかんだ。いつもならあきらめて、おとなしくしたがうところだが、今度はそうはいかない。

「いやだよ！　引《ひ》っ越《こ》しなんかしたくない！」

竜司は大声を出した。

「なんだって？」

母さんは、眉《まゆ》をつりあげた。

「いやだって言ってるんだ！　もうすぐ冬休みだぜ。それがすぎれば三学期で、あとちょっとで卒業じゃないか！」

母さんの手がとまった。焦点《しょうてん》の定まらない目が泳いでいる。

「今の学校に最後までいたいんだ。そのあとはどうでもいいから」

「だったら、今だっていいじゃない」

「ダメなんだ。やりかけていることがあるんだから」

竜司はこぶしをにぎった。美紀と悠人の顔がうかんでくる。

「新しい土地に行きたいんだよ」

「そんなの、どこへ行っても同じだよ！」

竜司の言葉に、母さんの食器を包む手がとまった。

「なんて言った？」

「どこへ行っても同じだって」

母さんが竜司を見あげた。

「どこへ行っても同じ……」

「そうだよ」

そうじゃないかもしれないが、竜司にはそうだと言うしかなかった。

きっと母さんには、また逃《に》げだしたい事情《じじょう》ができたのだろう。でも、このままではどこへ行っても、同じなんじゃないか。竜司はこのごろ、そう思うようになった。いつだって、どこへ行ったって、前よりよくなったためしがない。

「もう卒業……。すっかり頭からぬけていたよ」

力なく笑う母さんを見るのは正直つらかった。でも、いやなものはいやだ。ここはふんばるしかない。

「準備《じゅんび》してることがあるんだ」

竜司は、はっきりと言った。

「なんなの。その準備《じゅんび》って」

「自由研究。このあたりの遺跡《いせき》について調べているんだ。卒業式の少し前に発表会があって、親とかも聞きに来るんだ」

竜司は、美紀と悠人といっしょに子森遺跡《こもりいせき》について調べていることを話した。横穴古墳《よこあなこふん》を見に行き、ふるさと公園のおじいさんに話を聞いたことも。竜司は、自分がぬけるとふたりに迷惑《めいわく》がかかるのだと説明した。

「ごめん。自分のことしか考えてなかった」

すわりこんでいた母さんがゆっくり立ちあがった。

「さて、なんか食べなくちゃね」

散らかったままの台所で、夕べの残りの野菜スープと食パンを食べると、母さんはダンボール箱を押《お》し入《い》れにしまい、茶碗《ちゃわん》を食器棚《しょっきだな》にもどした。竜司も手伝った。荷物を包むのも、ほどくのもなれていたので、片《かた》づけはあっという間に終わった。

15　発表会

二月の終わり。自由研究の発表の日が来た。クラス全員が特別室に移動《いどう》した。

「ヤバイ、あせる」

「どきどきするわ」

クラス全体が今までにないような緊張感《きんちょうかん》に包まれていた。

特別室には椅子《いす》がならべられ、保護者《ほごしゃ》が次々と入ってくる。講演《こうえん》を聞いたり、映画《えいが》を上映《じょうえい》したりする広い教室だが、熱気がこもり、いつもよりずっとせまく感じる。

竜司《りゅうじ》は後ろの保護者《ほごしゃ》席をそっとふりかえった。一番後ろの目立たない席で、母さんは背《せ》を丸めてうつむいていた。ひどくいごこちが悪そうだ。

学校で母さんを見るのは、久《ひさ》しぶりだった。最後がいつだったかも、思いだせないくらいだ。

七つの班《はん》が順に発表する。前に藤田《ふじた》先生は「発表はどんな方法でもかまわないぞ」と言っていたが、ほとんどの班《はん》が図表やイラストの描《えが》かれた紙を黒板にはり、交替《こうたい》で説明するという方法をとるらしい。どの班《はん》も、筒状《つつじょう》に丸めた大きな紙を何本か用意して、順番を待っていた。

一番のくじをひいたのは女子ばかり五人の班《はん》で、市内で作られている野菜についての研究だった。市全体の地図に、野菜のイラストが描《えが》きこまれていて、ひと目で、どのあたりでなにが作られているかがわかった。

説明はたどたどしかったが、イラストがきれいで、表もわかりやすかった。保護者《ほごしゃ》から拍手《はくしゅ》が起こった。発表した五人は、そろっておじぎをすると、黒板から紙をはずした。

次の班《はん》は、市内の工業製品《せいひん》の生産量について、パソコンで表を作り、プロジェクターで映《うつ》して、みんなをおどろかせた。

矢田の班の番になった。黒板いっぱいにはられた紙には、子森遺跡《こもりいせき》の出土品《しゅつどひん》や年表、地図がびっしり書かれていた。あまりに細かくて、竜司は目がくらくらした。保護者席《ほごしゃ》からどよめきが起きた。

クラスのみんなは、ぼうっと矢田の説明を聞いている。とうとう最初から最後まで、ほとんど矢田がひとりでしゃべっていた。

「知らなかったわ」

「すごいですね」

保護者《ほごしゃ》のさかんな拍手《はくしゅ》に送られて、意気揚々《いきようよう》と引きあげる矢田は、順番を待っている竜司たちを見てにやりと笑った。

竜司はそっと横を見た。美紀はそっぽをむいていたが、悠人《ゆうと》は平気そうな顔をしている。

近くの席から、「なんか、むずかしいよね」とか「あんまりよくわからなかったわ」という声が聞こえた。

六つの班《はん》が終わり、とうとう竜司たちの番になった。

竜司たちは、準備《じゅんび》のためにいったん廊下《ろうか》に出た。

「なにしてるんだよ！」

「早くしろよ！」

したくに手間どっていると、中から声が聞こえてきた。藤田先生がドアを開けて顔をのぞかせる。あわてて悠人が中にもどった。竜司と美紀が、着ぶくれしたおかしな姿《すがた》であとに続く。とたんに笑いが起こった。

悠人が、いそいそと黒板に紙をはる。

タイトルこそ大きく「子森《こもり》遺跡《いせき》と横穴《よこあな》古墳《こふん》の研究」と書かれていたが、ほかにはなにも文字がない。次に悠人は、黒板いっぱいにチョークでおかしな線を引きはじめた。くねくねと波うつ、まがった太い横線が上から下へ何本も引かれていく。

「なんだ、あれ？」

「手ぬきか？」

特別室にヤジが飛びかった。

「はい、静かに」

藤田先生が両手を上下させて、さわぎをおさえる。

「ここは、学校のむかいにある工場の敷地《しきち》です。今から二十年前、新しい施設《しせつ》を建てるために、土地の造成《ぞうせい》が行われました」

悠人のナレーションで、発表がはじまった。

「大変です。なにか出てきました！」

作業服を着た美紀が、ヘルメットをかぶり、丸めた図面を手にして竜司に走りよる。

「なに？　それは大変だ！　すぐに工事を中止して調査《ちょうさ》をしなくては」

竜司はヘルメットを取り、さっと作業服をぬいでジャージ姿《すがた》になった。歌舞伎《かぶき》の早変わりのようにしたのだ。首には手ぬぐいをかけて、わきに置いたダンボール箱の中からシャベルと刷毛《はけ》を取りだした。

美紀は、ワイシャツとズボン姿に変わっていた。腰《こし》には黒い皮のベルトをしてレンズの入っていない黒縁《くろぶち》メガネをかけている。考古学者《こうこがくしゃ》のつもりだ。

「きみ、このあたりから掘《ほ》りはじめよう」

「はい」と返事をして、竜司は床《ゆか》にかがむ。土を掘《ほ》り、刷毛《はけ》ではらいのける動作をする。

「あれ、劇《げき》じゃん」

「発掘《はっくつ》だって」

「なんかおもしろいね」

みんなが、小声で言いかわす声が聞こえる。

「こんなものが出てきました」

竜司がボール紙に色をぬって器の形にしたものを、美紀にわたす。

「これは平安時代のものだ」

考古学者《こうこがくしゃ》役の美紀が、メガネをずらしながら言った。

「また出てきました」

「ふむふむ。これは奈良《なら》時代のものだろう」

美紀は、手にしたボール紙の土器《どき》を悠人に差しだす。受けとった悠人は、黒板の線の下にはりつけていく。

「この線と線のあいだは地層《ちそう》です。下に行くほど時代が古くなります」

悠人が説明しているあいだにも、竜司はせっせと掘《ほ》るまねをする。

「ふるさと公園の東側にあるお寺の近くには、たくさんの横穴古墳《よこあなこふん》が残っています。横《よこ》穴古墳《あなこふん》はお墓《はか》です。石棺《せきかん》が見つかった穴《あな》もあって、人骨《じんこつ》や、勾玉《まがたま》などの装飾品《そうしょくひん》が入っていました」

「人骨《じんこつ》だって」「えー」という声があがる。

「お墓《はか》なのに、急な斜《しゃ》面でかんたんに行けないようになっているのは、盗掘《とうくつ》を恐《おそ》れたからだと思われます。埋葬《まいそう》されたのは、子森遺跡《こもりいせき》に住んでいた人々らしいです」

石棺《せきかん》のイラストは、黒板のはしの、崖《がけ》をあらわす線のところにはられた。大きさに対して裏《うら》にはりつけたマグネットの力が弱かったようだ。石棺《せきかん》がななめにかたむいて、みんなは吹《ふ》きだした。

「はい、次は鏡です。変形四獣鏡《へんけいしじゅうきょう》といいます」

「丸い形のは、弥生土器《やよいどき》です」

掘《ほ》りおこされた品々が、次々と黒板にはられていく。

発掘《はっくつ》のとき、どんなふうに掘《ほ》るのかは、ふるさと公園のおじいさんがていねいに教えてくれた。竜司は、ひとつひとつ思いだしながら手を動かした。

「慎重《しんちょう》に掘《ほ》りたまえ。積み重なっている時間を、ゆっくりはぎとるように」

もったいぶった声で、美紀が言う。

「あせらず、あわてず、慎重《しんちょう》に」

美紀の声がふるさと公園のおじいさんの声と重なっていく。竜司は、おじいさんに教わったとおり刷毛《はけ》を細かく動かして、少しずつていねいに土をはらうしぐさをした。

「ついに縄文《じょうもん》後期と前期の土器《どき》も出てきました。これはほんものです」

悠人は、美紀がおじいさんからもらった縄文土器《じょうもんどき》のかけらを高くかかげた。

「なに、あれ？　よく見えないけど」

「ほんものだって」

みんながざわついた。

「この遺跡《いせき》からは、残念ながら、これ以上古い時代のものは出てきませんでした」

「えー、つまんない！」とだれかが言うと、笑いが起こった。

最後に、竜司と美紀が上に着ていたものをぬぎ、縄文《じょうもん》人の姿《すがた》になった。さらにみんなが大笑いした。その中に、聞きおぼえのある笑い声がまじっていた。

竜司は保護者席《ほごしゃせき》を見わたした。教室のすみで、ふるさと公園のおじいさんが、人一倍《ひといちばい》大きな声で笑っていた。

発表のあとは、ランチルームでPTA主催《しゅさい》のお別れ食事会だった。班《はん》ごとに、児童と保護者《ほごしゃ》がならんですわって、フライドチキンとパンとサラダのランチボックスを食べた。

「美紀といっしょじゃ大変だったでしょう？　この子は気が強くて、おまけに短気だから」

席に着くなり、美紀の母親が話しかけてきた。

「ちょっとママ。それ言いすぎじゃない」

美紀がふくれたので、竜司は返事にこまってしまった。

「そんなことないです」

悠人が代わりに答えてくれた。美紀の母親はからからと笑った。

「悠人が言うには、美紀さんにリードしてもらったおかげで、発表まで順調に進んだって」

悠人の母親は小柄《こがら》で、気さくな感じの人だった。

竜司は意外に思った。大学の先生と聞いていたので、もっととっつきにくい人を想像《そうぞう》していたからだ。

はじめはだまっていた母さんも、ふたりの母親がどんどん話しかけてくるので、しまいには笑顔になって話に加わった。

「縄文《じょうもん》時代前期には、うちのあたりは海だったらしいですね。竜司くんが気づいて教えてくれたって」

「横穴古墳《よこあなこふん》の考察も、竜司くんの考えですってね。近くだから見に行きましたよ」

ふたりの母親に代わるがわる感心されて、母さんの方がてれくさそうだ。

食事が終わり、ランチルームを出るとき、三人は矢田とはちあわせになった。

「負けたな」と矢田がつぶやいた。なんだか元気がない。みんなに、なにか言われたのだろうか。

「自由研究に勝ち負けはないいんじゃない」

美紀がすまして言うので、竜司は思わず吹《ふ》きだしそうになった。美紀の方こそ「ぜったいに負けない」と言っていたからだ。

「矢田くんたちのくわしい説明のあとで、ぼくたちの劇《げき》をやったから、子森遺跡《こもりいせき》のことが、よりはっきりとみんなに伝わったと思うよ」

悠人がつけ加えた。

「そ、そうだよね」

矢田の顔が急にほころんだ。

「でもね、本の丸写しはいただけないな。それに、ひとりでしゃべりすぎ！」

美紀に言われ、矢田はふたたびしゅんとなった。

別れぎわ、矢田が「本のこと悪かった。ごめん」と、蚊《か》のなくような声であやまった。

竜司はだまって、こぶしをつきだした。そこに矢田のこぶしが軽くふれた。

16　川のむこうの図書館

竜司《りゅうじ》は橋をわたって帰るところだった。

今日はコンビニではない。その先にオープンしたばかりのスーパーに行ったのだ。品ぞろえがよくて、ほかの店より安いものがたくさんある。竜司は最近、買い物に行くようになった。図書館で借りた料理の本を見ながら、ときどき夕飯を作ることもある。

橋をわたりおえたところで、ふるさと公園のおじいさんにばったり会った。風が吹《ふ》いて、かすかに囲炉裏《いろり》のにおいがする。仕事を終えて家に帰るとちゅうなのだろう。

「買い物か。えらいな」

竜司のさげているレジ袋《ぶくろ》を見て、おじいさんはにやりとした。

「なかなかよかったぞ。いいアイディアだった」

自由研究の発表会のことだと思い、竜司は「うん」とうなずいた。

「きみの担任《たんにん》は、自分の教え子なんだ」

「え、藤田《ふじた》先生の先生だったの？」

「そうさ。やんちゃなやつだったが、なかなかどうして、しっかりやっていて安心した」

卒業式では盛大《せいだい》に泣いていた藤田先生を思いだして、竜司はくすっと笑った。

「あそこへは、今も行っているのか？」

おじいさんが、あごをしゃくった。

ふりかえると、橋のむこうに、夕陽をバックに灰色にかげる図書館が見える。

「よく行くよ」と竜司は答えた。

「そうか、そうか」

おじいさんはうれしそうだった。

「図書館は、宝《たから》の山のようなものだからな」

宝《たから》の山。たしかに。

あとどれくらいこの町にいられるかわからないけど、ここにいるあいだはあそこに行こう。行って本を借りよう。

いつの間にか悠人《ゆうと》みたいになっちゃった。竜司は心の中で笑った。

「じゃあな」

おじいさんは片手を上げた。夕陽の中を川がにぶく光りながら流れていく。竜司も前をむき、アパートにむかって歩きだした。

おわり

作者　池田ゆみる（いけだゆみる）
神奈川県生まれ。法政大学文学部卒業。図書館司書、ドールハウス作家を経て、現在は友人とアートギャラリーを運営。『空が燃えた日』が『鬼ヶ島通信』47号で入選。デビュー作『坂の上の図書館』（さ・え・ら書房）が、埼玉県推奨図書、ならびに茨城県優良図書などに選ばれる。日本児童文学者協会、JBBY会員。児童文学同人誌「ももたろう」同人。

画家　羽尻利門（はじりとしかど）
兵庫県生まれ。立命館大学国際関係学部卒業。日本児童出版美術家連盟（童美連）会員。挿絵を担当した本に『坂の上の図書館』（さ・え・ら書房）、『わすれものチャンピオン』（PHP研究所）、『天国にとどけ！ ホームラン』（小学館）など、絵本に『あいつとぼく』（PHP研究所）、『やめろ、スカタン！』（小学館）、『夏がきた』（あすなろ書房）、『ごめんなさい』（ポプラ社）などがある。

川のむこうの図書館

2018年1月　第1刷発行　　2018年8月　第2刷発行
作　者　　池田ゆみる
画　家　　羽尻利門
発行者　　浦城寿一
発行所　　さ・え・ら書房
〒162-0842　東京都新宿区市谷砂土原町3－1
電話 03-3268-4261　http://www.saela.co.jp
印刷所　　光陽メディア
製本所　　東京美術紙工　　Printed in Japan

ISBN978-4-378-01554-5　NDC913

竜司の
アパート
美紀のマンション
小学校
神社
美紀の
おじいさんの家
ムクロジの木
池
古民家
お寺
横穴古墳
ふるさと公園
公園